感动系列 | 最新版

风中的呐喊

GAN DONG ZHONG XUE SHENG DE 100 PIAN ZA WEN

感动中学生的100篇杂文

总主编◎刘海涛

本册主编◎尹雪珍 吴亚枚

九州出版社 JIUZHOUPRESS | 全国百佳图书出版单位

图书在版编目(CIP)数据

风中的呐喊:感动中学生的100篇杂文 / 尹雪珍,吴亚枚主编. 一北京:九州出版社, 2009.4(2021.7 重印)

(“读·品·悟”感动系列:最新版 / 刘海涛主编)

ISBN 978-7-5108-0041-2

I. ①风… Ⅱ. ①尹…②吴… Ⅲ. ①杂文-作品集-世界 Ⅳ. ①I16

中国版本图书馆 CIP 数据核字(2009) 第 053931 号

风中的呐喊:感动中学生的100篇杂文(最新版)

作　　者　尹雪珍　吴亚枚　主编
出版发行　九州出版社
地　　址　北京市西城区阜外大街甲 35 号(100037)
发行电话　(010) 68992190/2/3/5/6
网　　址　www.jiuzhoupress.com
电子信箱　jiuzhou@jiuzhoupress.com
印　　刷　北京一鑫印务有限责任公司
开　　本　710 毫米×1000 毫米　1/16
印　　张　15
字　　数　208 千字
版　　次　2009 年 5 月第 1 版
印　　次　2021 年 7 月第 6 次印刷
书　　号　ISBN 978-7-5108-0041-2
定　　价　39.90 元

新课程·新学法·新成果

刘海涛

这是一种与以往不同的新的学习方式。

在中小学语文新课标里这种学习方式被定义为探究式学习，在高中和大学里被理解为研究式学习。同学们在教师的指导下，确立了一个探究文学问题的目标，为了解决这个问题就需要重新整合自己过去已学过的知识，重新确定新的阅读材料和阅读方法，通过自己投入身心的感受、体验以及创造性的写作去表达自己的理性认识和审美态度。这种阅读、品味、感悟的全过程就是一种语文选修课(研究型课程)要经历的全过程。这样的课程和过程，有利于培养过去的语文教学中比较忽略的鉴赏能力和语文素养；有利于激活同学们主动地创造性地进行自主学习的积极性；有利于把“成功素质教育”的实施真正落实到教与学的实处。

在大中小学语文学科的教学改革中究竟怎样有效地开发出这种带有研究性质的文学类选修课？怎样引导学生的课外文学阅读？怎样构建同学们开展研究式阅读和创造性写作的教学平台？这样一种“读·品·悟学习法”开始引起了众多师生的关注。“读·品·悟学习法”是让同学们在自己感兴趣的文体中开展广泛的有选择性的文学阅读，在广泛的文学阅读中挑选出一篇或一组真正感动了他们、启迪了他们的文学精品，并把这些挑选出来的文学精品当做他们研究社会、研究人生、研究历史，甚至是研究他们自己的案例。在赏析、解读、研究、评鉴的过程中，他们的思想、感情被文学精品隐含的意蕴激活了，他们联想了自己已经经历的生活，他们想象了自己未曾经历过的生活，他们初步学会了用一种人文社科的研究方法去探究文学案

例，并创建一种他们用自己的眼睛和心灵观察过、体验过的生活世界和艺术世界。

多少年来一直被教育理论家倡导的“自主性学习”、“探究式学习”以致那种“快乐学习”、“快乐教育”的情景在这里显现了。同学们体验到了一种自己掌握自己学习的愉悦。他们好像是在大声喧闹着展开一场智力竞赛——看谁选的文章好看，看谁写的研究性文章分析到位，看谁编选的文集拥有的读者多。一种新的阅读方式在这种“竞赛”中启动了，一种真正的“我手写我口”、“我手写我心”的写作本体观在这种“竞赛”中重现了，一种“成功教育”、“快乐教育”的情景悄无声息地来临了……

他们在做着他们的老师在50岁时才开始做的主编工作，他们学会了用青少年的眼光和心灵去选择他们需要的文学精品和文学案例；他们选出来的文学精品甚至让他们的老师大跌眼镜——一些名不见经传的作者和作品频频亮相于他们的文集中——这并不奇怪，因为他们的选文标准是真正拨动了他们心弦的东西。经典的作品因为拨动了青少年的心弦他们选了，不那么经典的作品只要能拨动了青少年的心弦的他们也选。他们工作后的副产品能让许多社会学家、心理学家、青少年思想教育家颇感兴趣，因为这个“感动系列”已经成为一扇把握当代青少年学生的思想脉搏，了解他们那些或者是朴素的、或者是新潮的、或者是另类的价值观的一个窗口。他们的工作也可能会让一些当代文学的研究者、参与者颇感兴趣，他们实际上在做着一项分类准确、原则鲜明的当代文学选本工作，这样的选本可以说是为权威专家的文学选本贡献了一个特定的“补充”。他们的工作还可能会让一些课程理论专家和教学理论专家颇感兴趣，他们“读·品·悟”的全过程不正是一个典型的课程构建过程吗？

“读·品·悟学习法”催生了“读·品·悟感动系列丛书”。这套丛书的组稿与出版，显影了大中小学语文学科正在生长、发育的一种课程新理念，这就是——“审美型阅读、研究式学习、创造性写作”。这个语文新课程理念隐含着成功素质教育的内核，体现着现代教育的真正本质，也为基础教育、高等教育的课程改革培育了一个生动的教学案例。

目录

Part One 尘世脸谱

每一个人身上都有值得我们学习的东西——不管是正面，还是反面，只要有借鉴的勇气，那么，我们的心智与思想就会更好地成熟起来。

目录

Part Two “鬼话”连篇

盛世的“鬼话”，是真正冷静的诤言，在我们陶醉于繁荣的同时，让我们居安思危。因为它是苦口的良药，虽然它讨人厌烦，看似荒谬。

Part Three 荒诞时代

社会的真正公平，必是基于公众的利益，像一碗平端的水，等待着法律的保证。如果想减少愚蠢的损失，就应该首先观照时代的镜子。

Part Four

暗中曙光

在多数的黑夜里，那一丝亮光总是远在我们的前方——它暗示着希望是人生中最好的前进动力。在无数的奔波与追求的旅途中，它一直鼓励着我们前行。

Part Five

立此存照

社会要向前发展，要取信于民，不仅仅是展示成绩，最重要的是懂得如何审视自己的短处，时时警醒自己。

Part Six

人情世故

历事知情，阅人知心。特别是在这喧嚣的转型社会，事可以让我们从中吸取经验，人可以引我们思索其中的意味，从而完善自我。

目录

Part Seven 人生冰火

冰给人冷静,火给人热忱。

冰覆盖之处,不见本体,但能引发我们深层的思考;火燃烧之处,一片狼藉,但能把社会中不值一提的东西铲除。

Part Eight
社会档案

当我们无法解释现实的困惑时，与其苦苦思索，倒不如给社会提供一个案例，彻底解剖。这就等于给自己一个反省的机会，帮助自己破解谜团。

Part Nine
踏迹寻隐

对我们每一个人而言，很多历史的真相都是简单的，并且我们拥有知情权。我们不要被眼前的错综现象迷惑，要勇敢拨开表面的乱草，也许，展现在我们面前的就是一个颠扑不破的真理。

目录

Part Ten

现代传说

每当我们激愤于丑陋，不可抑制时，我们就想起病痛中的针灸，是那些刺痛我们的东西，一直提醒着我们必须剔除病毒，才能保持健康、顺利发展。

Part One 尘世脸谱

每一个人身上都有值得我们学习的东西——不管是正面，还是反面，只要有借鉴的勇气，那么，我们的心智与思想就会更好地成熟起来。

现在的孩子是太成熟了，成熟到足可以像一个大人一样溜须拍马、乱吹牛皮，甚至恬不知耻！

在镜头面前

周云龙

最初感受“镜头意识”，是作为会议的出席对象。时间到了，人也差不多到齐了，主持会议者却临时宣布：“等电视台的记者到了，咱们就正式开会！”

当时有些恼火：电视台的记者为何老是慢吞吞？转念又想：开会，难道只是为了摄像？

某些领导的“镜头意识”无疑是最强的了。但不知什么时候，这镜头意识也“传染”给了一些家长。幼儿园里“六一”联欢，记者应邀采访。甲家长要求记者给儿子拍个镜头，乙家长又拉去给女儿来个特写……幼儿园的新闻不过是发个简讯，画面只能一掠而过，而一些小孩子，据说因未能在电视上露脸竟“抱憾终日”。

大学生的“镜头意识”就更强烈了。时下，高校的校园文化及社会实践活动高潮迭起，而主办者常常把邀请媒体采访当成“头版头条”。作为电视台的记者，有时感觉他们搞活动的唯一目的就是为了上电视。这种“镜头意识”、“造势心理”，一旦带入社会，又将会有多少形式主义、花架子招摇过市？

最近一次感受"镜头意识"是在一个夏令营里，有两名美国女孩，一个 7 岁，一个 11 岁，开营第一天，两张"洋脸"自然更为引人注目，记者纷纷将镜头对准她们。不久，7 岁的孩子开始抹眼泪，11 岁的孩子则低着头不说话。

老记不解，询问她们的中文教师，才知道孩子不是因为"想家"，而是"在我们美国，被人拍摄是要征得本人同意的"。记者们只好忍痛割爱。在此同时，中国的孩子却竭尽"挑逗"之能事，一会儿在镜头面前做鬼脸，一会儿与采访对象抢镜头，一会儿还大人似的与记者套近乎："叔叔，我早就盼着上电视了！""叔叔，你们做节目时，可要把我的形象'剪'上去呀！""叔叔，你们节目什么时候播呀？"一个年龄稍大的女孩子见记者拿话筒采访别人，不禁在背后嘟囔起来："你们为什么不采访我？"我转身问她参加夏令营的感受，面对摄像机，那孩子一口大人腔。我便试探着问："这是你的心里话吗？要说实话。"孩子毕竟是孩子，立即从实说出一段自己的真实想法。不过，实话实说之前，她却要求我们不得拍摄，咱们的孩子就是成熟，懂得什么场合说什么话！

在镜头面前，人的言行有时是虚假的，其实，那正是另一种真实。

虚荣是害　诚实可嘉 ◎ 徐少燕

文章从镜头说到人的虚荣心，然后又言及形式主义，最后涉及诚信，这一篇短短的不足千字的杂文，却有如此大的包容量，实在令人回味无穷。

从文章中看出，孩子们为了上镜头，可以竭尽"挑逗"之能事，可以与采访对象抢镜头，也学会了与摄像者套近乎，甚至还对记者抱怨"你们为什么不采访我"？中国孩子都争着要上镜头，中国孩子也知道在镜头前应该讲什么。中国孩子一口大人腔，懂得什么场合说什么话，这种

真实真是让人害怕。孩子就应该说孩子的话，孩子没有童真，那么这个世界还有什么意思？孩子失去童真，正是成人的庸俗与虚伪的彰显。有一个时期，中小学曾要求孩子们去评《水浒传》、批宋江，孩子们对《水浒传》与宋江都不知为何物，却要他们像大人那样去批这批那，这不是荒谬可笑吗？在成人的“教育”下，现在的孩子是太成熟了，成熟到足可以像一个大人一样溜须拍马、乱吹牛皮，甚至恬不知耻！

此文的深刻意义还在于，在镜头面前，人的言行固然有时是虚假的，但是，从其涉及的对象看，更令人震惊，小至幼儿园的孩子，大至大学生、家长及某些领导……各行各业、各种层次、各个年龄阶段，无不如此。这些是否可看成是作者在做着令人心痛的暗示？与这情形相反的是两个显得很“傻帽儿”的美国小女孩，在考虑着什么“征得本人同意”。在镜头面前的两种截然不同的态度，是东西文化不同造成的呢，还是什么别的原因，值得深究。

“在镜头面前，人的言行有时是虚假的，其实，那正是另一种真实。”作者确有真知灼见，虚假的背后却隐藏着另一种真实，反映社会上存在着弄虚作假、表里不一、华而不实，喜欢搞形式主义和花架子等不良风气。

杂文作为一种形象化的议论文，说理辩证全面且深刻透彻，往往有着四两拨千斤的神奇力量。这些要义，作者隐含在字里行间，要仔细欣赏，才能赏出真味来。

难道我们生存的环境到了“你不摆谱还不行”的地步吗？马克思曾说过：恶，成了历史发展的杠杆。若让摆谱成为社会的推动器，不知我们感到的是希望还是悲哀呢？

摆谱的观念与现实

鄢烈山

曾任外经贸部副部长的龙永图先生曾对记者说，他最讨厌讲排场(即俗话讲的“摆谱”)。见多识广的他，举了两个例子。一个是出国时在机场忽见候机室热闹非凡，原来是县委书记要出国考察，数十号人来送行，围着他点头哈腰。另一个是在意大利出席国际会议，地点是一个小镇的小酒窖里，没有领导席没有嘉宾席，有个老太太独自进来坐在他身边，与他寒暄良久，会后问人才知这老太太是荷兰女王！

两个人的做派是如此不同。一般说来，有现代意识的人会更尊敬“把自己混同于普通老百姓”的女王，而从内心深处鄙视那位县委书记。前者称王称尊地位高贵却那么低调，只有在出席象征性仪式时出于不得已才摆摆谱。而后者名为人民公仆，说的比唱的还好听，却似中世纪的小国之君，在众人围着转中得到精神满足，其观念的陈腐不言而喻。

这里面当然有观念问题。有些人别看他西装革履满口平等民主先进文化，脑袋里其实还是“人上人”那一套陈货。韩愈在《送李愿归盘谷序》

里，借李愿之口对所谓“大丈夫”之志有一段精彩的描述：“其在外，则树旗旄（máo），罗弓矢，武夫前呵，从者塞途，供给之人，各执其物，夹道而疾驰。喜有赏，怒有刑。才俊满前，道古今而誉盛德，入耳而不烦。曲眉丰颊，清声而便体，秀外而慧中，飘轻裾，翳（yì）长袖，粉白而黛绿者，列屋而闲居，妒宠而负恃，争妍而取怜……”这样的“理想”难道不是当今许多贪官污吏梦寐以求的吗？

当然，人是会变的。有些人起初本是有崇高理想有济世抱负的，但日渐被权势所腐蚀，慢慢就习惯于高人一等的享受了。这是人的本性使然。诚如陈毅元帅所言：岂不爱拥戴？颂歌盈耳神仙乐。岂不爱粉黛？爱河饮尽犹饥渴。当官的喜欢警车开道，一路红灯。可谁愿意堵在路上？凭记者证在不少地方的风景区不用购门票，我也不愿掏钱。有朋友开特权车带我出行，我也乐意畅通无阻。

更重要的是，在有些地方有些时候，你不摆谱还不行。中国古话叫“不威不重”，现代语叫“距离产生威严”。近读福建人民出版社出版的莫理循的传记(莫理循就是电视连续剧《走向共和》里那个英国《泰晤士报》记者、民国政府政治顾问)，写道：此人初到中国时，一句汉语不会，却只身到云南等地去游历，只带挑夫不带翻译，找不到传教士接待的地方，全靠摆谱(以高人一等的洋人自居)，才受到各地官绅的以礼相待。他若老老实实践行他的平等观，估计早有人把他收拾了。如今，像我这样无官无职无谱可摆，坐公交班车回老家的人，在乡亲们眼中就等于没有出息老不“进步”。

有时候甚至是逼良为娼。《中国青年报》不久前发表过一篇小科员摆谱的自述。他在县政府做秘书，做农民的哥哥被乡干部欺负了，本想循合法渠道讨回公道，可是一再受挫。他不得不狐假虎威摆出县领导秘书的威风给乡领导打电话威胁对方，问题当然很快

就解决了。

那么，摆谱究竟是观念问题，还是现实问题呢？都是。不平等的现实、腐败的政风会影响社会观念和民风。反过来，畸形的观念又加剧了不合理的现实，交互作用。但说到底，还是“形势比人强”。毕竟数十年来，我们一直在讲平等、民主、为人民服务，这些普世价值观念已相当地深入人心。现在更重要的是要循名责实，监督人民“公仆”们带头这样去做。

摆谱，成了社会的助推器？ ◎周 鹏

摆谱，社会一大“亮点”，一大“特色”。它已蔓延至社会各个角落，上至高官，下至村居委会干部，乃至学生。为何他们喜欢摆谱呢？他们在众星拱月中能得到精神的满足，这样不仅可以使他们脸上有光，还可以光宗耀祖，何“乐”而不为不呢？那么，摆谱究竟是观念问题，还是现实问题呢？本文给了我们很好的思考，并揭示了答案：是观念问题也是现实问题，“不平等的现实、腐败的政风会影响社会观念和民风。反过来，畸形的观念又加剧了不合理的现实，交互作用。”

本文夹叙夹议，开篇以“县委书记出国考察，数十号人来送行，围着他点头哈腰”与“荷兰女王在小镇的小酒窖里的寒暄”形成强烈反差，一针见血，说明我国官员摆谱作风如出一辙，这是摆谱的现实问题。同样，也存在有观念问题，作者引用韩愈《送李愿归盘谷序》的描述，更是进一步讽刺了官员梦寐以求的“理想”。本文说理力度强，有例子佐证，从县委书记的出国，到“有些地方有些时候，你不摆谱还不行”、“有时候甚至是逼良为娼”的描写，步步为营，辛辣地指出摆谱的“重要性”。

难道我们生存的环境到了“你不摆谱还不行”的地步吗？马克思曾说过：恶，成了历史发展的杠杆。若让摆谱成为社会的推动器，不知我们感到的是希望还是悲哀呢？

做人难，做一个说真话的“真实”人更难，伪小人的存在使我们的真实价值变得虚无，常常迷失在人性的杂草里。

伪小人

韩少功

说真话不容易，让人相信真话也不容易。如果我说不喜欢名牌西装，这话就很难让人相信。很多人惊诧之余，总是从狐疑的笑目中透来诘问：你是买不起就说葡萄酸吧？你是腰缠万贯不想露富？是不是刻意矫俗傲物装装名士？是不是故作朴素想混入下一届领导班子？……他们问来问去，怎么也不觉得这只是个服装的问题。我无论怎样真怎样实地招供，也不会得到他们的核准。这些人不相信也不容忍现在还有人斗胆不向往不崇拜不眼睛红红地追求名牌奢华，他们已经预设了答案，只需招供者签字画押。他们不能使招供者屈服的时候，就只能瞪大眼恍然大悟：世故，见外，城府深，这号人太爱惜自己的羽毛了。

他们宽容地大笑，拍拍你的肩膀，表示完全理解并且体谅了你的假话——因为他们也经常需要说假话，这没什么。

在这种情况之下，你还有勇气说真话吗？你是否还敢冒天下之大不韪，说你不想当局长不想贪污公款不愿意移居纽约不喜欢赴宾馆豪宴不在乎大众对文学的冷落没兴趣在电视台出镜头也没打算调戏发廊小姐？

这当然不是真话的全部。这些真话当然也不像交通规则可以适用于所有的人。问题是这些话在很多人那里，已经排除于理解范围之外，你能向他们缴出怎样的真实？

从来没有通用的真实，没有符合国际标准老少咸宜雅俗共赏敌我兼容的真话。以己之心度他人之腹，人们只能理解自己理解中的他人，都有各自对真实的预期。同他人谈话，与其说是想听到真实，毋宁说是更想从对方获得对自己真实预期的印证和满足。正像十多年前，拒绝奢华之举被发事者坦白为对地主分子的仇恨和对毛主席的忠诚，才会使首长和记者心满意足；而现在对于很多人来说，一切行为如果没有基于争名夺利的解释，就很不正常，很不顺耳，很有点世故搪塞之嫌。

大多数人装君子或装小人，无非是在图谋较高的利润回报。在今天，小人的身份几乎是反叛伪道学的无形勋章，而且可以成为一切享受的免费权。只要狠狠心，谁都可以得到。小人无须对自己的行为作啰啰嗦嗦的道德解释，今天与你拉手拍肩亲热友情，要你帮他赚钱帮他扬名也陪着他玩玩感情，明天就可以翻脸不认人，以小人这张超级信用卡来结算一切账单，了却一切责任和指责。既是小人，当然是可以无情无义无法无天，当然可以说假话造假账流假泪谈假爱，谁能对小人认什么真呢？——这就是当小人的实惠。他们在物质实惠之后还要把所有被他们利用过的人判为小人，不承认帮助和被帮助有什么不同，不承认人间还有什么好意。因此他们永远不欠谁，走到哪里都潇洒——这就更添了心理实惠。

除了潇洒，强行把自己装成小人还有一个特别的好处，就是主动糟践自己反倒更容易诱钓他人的赞誉。

在这个高科技时代，凡事都不能傻干，倘若一开始就把自己端成君子，好话讲得太多，人家一齐要你兑现时岂不作难？因此最好事先要降低对方的期望值，把自己往坏里夸张，夸张到对方不忍心不好意思的程度，到时候兴之所至做了一点不那么小人的事，给对方意外的惊喜，对方便易于产生好感，其实这也是先抑后扬、欲擒故纵的手段，曲线做君子的路

线，在实际生活中每每成功行之有效。但恰恰就在这里，很多自诩小人者泄露出自己的不彻底性和不坚定性——他们居然还暗暗想着给人好感，居然暗藏着君子梦。与真君子的不同点只在于，他们策略高明一些，做起来会省力一些，投入少而产出多，是成本更为低廉的君子制作术。

这样看来，当一个真小人还不是件太容易的事。当来当去，一走神就还会怀念当君子的虚荣，还会鬼使神差往君子的神位上窜，落下一个“伪”字。这正如某些伪君子一不小心就会暴露出小人的嘴脸，是同样的道理。

伪小人作为伪君子的换代产品，是对伪君子的逆反和补充，也是一种文化敌伪势力，伪小人从根本上说与多数人一样，不那么坏也不那么好，不值得大惊小怪。可惜的只是，有一样东西失去以后就永远不可复得，那就是他们最常在流行歌中宣言要得到的：真实。

真实是现代人最为困惑的问题之一。

找回“真实”

◎ 尹雪珍

做人难，做一个说真话的“真实”人更难，伪小人的存在使我们的真实价值变得虚无，常常迷失在人性的杂草里。

本来说真话已经非常难得，但时至今日，说真话已经失去了意义，让人去相信真实成为一件不容易的事情。因为伪小人在这个商品经济社会里如雨后春笋般成长起来，他们的人心已经被功名化了，而且一切行为都带有利益性。他们为了图谋较高的利润回报，说的每句话都是阿谀奉承的话，做的每一件事都是违背自己良心的事。久而久之，真实的话语反而让伪小人觉得非常做作，反过来觉得说真话的人世故、见外、城府深，真实在他们心中失去了，永远不可复得。所以，我们都很纳闷：到底现代社会需要真实吗？一直萦绕在心中而难以辨别。真实的反而变成虚伪，虚伪却变成了“真实”，适应了这个社会。社会的畸形发展导致了这种颠倒效应。我们应该改变这种局面，要让真实成为“真正”的真实，端正伪小人的心态，找回他们的真实。

本文语言轻松风趣，对伪小人进行了详细地描绘，把“人类对于真实的困惑的事实”寓于这个形象当中，使读者通过这个艺术形象自然而然地得出结论。作者还运用夹叙夹议的写作手法，一边描述伪小人的形象一边进行批判性的议论，既形象又深刻，容易使读者产生共鸣。

历史只记住两类人的名字，一类流芳百世，一类遗臭万年。

向死魂灵“借光”

怡　然

老是听说有人冒充领导的子女、亲戚、秘书，冒充警察、记者、安全局干部之类的身份招摇撞骗。这或许不难理解，借光嘛，当然假冒的对象首先要有光，“光彩照人”，否则谁会买账谁会上当？

然而这世界太奇妙，怪事就是多，而怪就怪在出乎意料，让人跌眼镜。就说这冒充吧，有人不冒活人竟冒死人，不冒“光彩照人”者竟冒遗臭万年者。要不是新华社报道，真以为又遭遇了假新闻！你知道吗？有一个江西人冒充已被处决了的大贪官胡长清的“干儿子”，骗人钱财 40 余万元！

此人名叫汤志君，2001 年认识了浙江台州的一个商人，向其吹嘘自己是胡长清的“干儿子”，原在江西省外贸厅外贸公司工作，因胡长清案被囚

禁四个月，出狱后在原公司待不下去，所以下海经商。接着便称自己有一无毒农药的配方，市场前景看好。那个商人见他既有“背景”又有技术，便出资与其共同办起了公司。而汤则伺机骗取了40多万元，携款出逃。最近被法院以合同诈骗罪判处有期徒刑14年，并处罚金10万元。

一场荒唐的闹剧收场了，“胡长清的‘干儿子’”也终于和他“干爹”一样成了“新闻人物”。可是，向一个伏法的“名人”借光，将“名人效应”如此放大，简直匪夷所思。在那个骗子看来，“名”不在香臭，能“响”就行，“名人”不在死活，能“借”就成，“名分”不在大小，能沾边就好；而在那个上当的商人看来，既与“名人”有关联，想必就有“来头”，管他“活官”还是“死官”，“清官”还是“贪官”，管他“亲儿子”还是“干儿子”，“真儿子”还是“假儿子”，为我所用能挣钱就得。因此，两人臭味相投，一拍即合。孰料“假儿子”动了真，卷款溜之大吉；真商人遇了假，遭骗痛心疾首。

果戈理笔下的六等文官乞乞科夫做投机生意，“收买”“死魂灵”转手倒卖敛财，当代“乞乞科夫”干脆直接向“死魂灵”借光行骗。“死魂灵”胡长清若地下有知，不知作何感想？想当年权重之时，何等荣耀；现如今九泉之下，竟还有人非要粘上来甘做儿子，送个“干爹”桂冠，可见名声显赫，至今未衰啊！

为钱财逐臭假冒，那个“干儿子”固然咎由自取，但这个闹剧折射的却是当代某些人的畸形心态。凡事讲究“名气”与“关系”，为与名人有染而沾沾自喜，洋洋得意，借名人之名望通关系，用八辈子攀不上关系的关系“掼浪头”，显神通。而确实也有人迷信这种关系，一听说什么有名人的来头、名人的背景便唯唯诺诺，诚惶诚恐，言听计从，百依百顺。名人成了敲门砖，名人成了货郎鼓，名人成了遮阳伞，名人成了木玩偶。有些名人为此感觉良好，而有些名人则身不由己、百般无奈。无论如何，名人还委实在发生着各种效应。向上了断头台的死魂灵“借光”固然是极端个案，而其通行的“法则”、玩弄的把戏不是如出一辙吗？

“钱”作怪 ◎ 王智秋

世界无奇不有，怪事多得出人意料。有人冒充“名人”、“干部”，到处招摇撞骗，似乎早已见怪不怪了。可竟有人冒充死刑犯的干儿子，确实让人跌破眼镜。“向死魂灵借光”，似不可思议，但确有其事。胡长清的贪污案在全国曾轰动一时，也引起社会不少的关注。他的死去似乎让人们忘却了教训，竟有人冒充他的“干儿子”，并利用这“特殊”的身份骗得了40余万元。一个已死的人，并且还是个遗臭万年的死人，影响力还有这么大，任谁都没想到。本文提出的问题是值得深思的，并不只是哗众取宠、危言耸听那么简单。

是骗子的“技术”高超吗？不是。在当代社会，按照当前的流行观念，发生这种事情是完全可能的。商品经济大潮中有些人逐渐认可了这样一个“真理”——利益高于一切。于是，这些人似乎都抱着“人不为己，天诛地灭”的宗旨做人，似乎都看到了“名人效应”是有利用价值的。历史只记住两类人的名字，一类流芳百世，一类遗臭万年。管他是香的还是臭的，反正是“名人”，就有“名人”的效应。自然地，管他是大贪官胡长清的儿子，还是好干部牛玉儒同志的亲人，只要于我有用，我就跟他套近乎。“名分”不在大小，能沾边就好，能为自己带来利益就是神。所以，发生这类事情，就一点也不奇怪了。

这是一场荒唐的闹剧，可就仅有这么一例吗？细想一下，我们经历过的这类事还真不少呢！明星们为争“出位”，绯闻也用，黄赌毒也搞，之所以泯灭良知不择手段，无非是为了一个“名”而已。在社会阴暗的角落里藏着多少不为人知的罪恶，里面自然少不了这一套。归根到底，这一切都是钱在作怪。钱是不善之源，也是万恶之首，人人都在追逐它的身影。名分，是它头顶的光环，权力是它手中的玩偶，人们早已习惯活在它的淫威之下，没有它就寸步难行了。

此文有如一盆冰水，往读者那被商品经济冲得发热发胀的头脑上一

淋，人们醒过来了，顿时醒悟："借光"，要借得合法合情，否则等待你的只会是那冰冷的手铐！

他们脸上只挂着冷漠，嘴里只带着苛责，心里要的只是永不停歇的工作。他们从来没有想到要让打工仔们感到一点温情。

回家的路

孙春云

一年一度的春运潮，让世人不得不将目光投向打工人群，投向这"沉默的大多数"。

夹杂在拥挤的人潮中，不少打工朋友说，每年回家，都像是在经历一场噩梦。不用说买票赶车的艰辛，光是一来一回的开销，对于收入微薄的他们来说，已经是一种很大的负担。

但是，你只要看到那一张张焦急渴望的面孔，就会知道，家，对于他们是多么重要，回家的路无论有多么长有多么累，他们都愿意走下去。他们握住的那张车票的尽头，就是生养他们的故乡。那里，没有冷漠的脸孔，没有苛刻的厂规，没有加不完的班，没有赶不完的货……

城市虽是他们的谋生之所，然而，他们却感受不到丝毫的温暖。他们在城里汗流满面地打工，却不能享受到一个劳动者应有的体面（早在 1999 年，第 87 届国际劳工大会就曾提出"体面劳动原则"，让每一位劳动者“在自由、公正、安全和具备人格尊严的条件下获得可持续的工作机会”)。不能“体面”,也就意味着自由可能被剥夺,付出的劳动可能受到不公的待遇,甚至人格尊严也可能被践踏……而故乡就像一个心灵疗养所,那沾带着露水和草香的空气,那充溢着浓浓人情味儿的春节,可以让他们紧张疲惫的神经得到彻底的松弛,修复他们心头漂泊的创伤。

所以,在我看来,春运看上去更像是打工人进行的一次自救式的集体疗伤行为。

春运直观地让人们看到打工一族在现实环境下的无奈:他们在城乡二元结构中游荡,来回奔走,却找不到自己的落脚点。他们其实已被排斥在乡村之外,而城市的门槛又高,让他们无法迈进。他们只能像候鸟一样,从这头飞到那头,从那头又飞到这头。

只有风知道,只有雨知道,那是一种多么无奈的飞翔。

我不清楚,这一群候鸟还要迁徙多少年,才能寻找到栖身的枝丫。

无奈,在城市与乡村的边缘 ◎ 陈永文

读了孙春云的《回家的路》后,心中大有感触:现实就是这样,有着许多无奈。但无奈又是来自哪里呢?

一到春节假日,为什么打工人无论回家的路有多么长有多么累,他们总是愿意走下去呢?很大一部分原因是他们在城市之中得不到心灵的安抚,无奈迫使他们只能走回去。

很明显,城市永远是一个打工人无法高攀的门槛,把一切的打工人拒之于门外。但为什么城市这么娇气呢?就不能好好对待打工仔吗?第一个理由是,相当一部分“资本家”们只顾自己的利益,把打工仔当成自己的“奴隶”,剥夺和侵犯他们的权利,包括劳动权利和人身权利。他们脸上只挂着冷漠,嘴里只带着苛责,心里要的只是不停歇的工作。他们从

来没有想到要让打工仔们感到一点温情。打工仔生活在貌似美好实际上却隐藏着这么多让他们无奈的城市中，根本就像是在面对着一片荒原或沙漠。所以，他们不得不逃避，然而却又不能永远逃避，因为他们无法选择。他们其实已被排斥在乡村之外，而城市的门槛又高，让他们无法迈进。于是，他们只好尴尬地挣扎在城市与乡村的边缘。

一方面是各地劳动部门监察不力，没能很好地执行党和国家保护打工者的政策。二是有的地方执法者与用工者的勾结，使打工者只好一次一次地受伤。社会无法给他们温暖，故乡的路又遥远坎坷，他们只好寄希望于一年一度的春节。这时，他们才能理直气壮地回家“疗伤”去。

但是谁又会明白，无奈的他们，在创伤修复了以后，又要继续忍受下一个创伤，心灵的疤痕其实永远都在渗血。他们渴望的不是老板多加工资，而是希望拥有劳动者的尊严！

本文文笔辛辣，抒发真情，呼唤人性。文章既有深度，又有警世钟的功效，是一篇值得一读的好文。

在现代社会，你选择唯利是图还是追求良心之安？我们到底应该选择什么，这个问题可能是永远值得深思的。

你是要画还是要猫

肖复兴

《一个男人和一个女人》，是一部老片子，1966 年拍摄。这是一部当时非常有名的电影，由法国著名导演克劳德·莱路克执导，当年曾经得到过戛纳、金球两项大奖和奥斯卡最佳外语片提名，可以说是横扫全球。37年时过境迁，这部电影所演绎的一个赛车手和一个年轻漂亮的寡妇近乎纯情的爱情故事，对于我们这些被爱情弄得一派老态龙钟的人来说，已经没什么新鲜感了。

但是，片子里面那个赛车手对那个寡妇说过这样一句话，那天看电影时还是让我心里一动。他说："一位雕刻家问，'如果博物馆失火，里面有一幅名画和一只猫，你会去救哪一个？'"寡妇没有正面回答，只是问："那位雕刻家怎么说？"赛车手告诉她："雕刻家说，当然要救那只猫。"寡妇问："为什么要救那只猫呢？"

是啊，为什么非得救那只猫呢？为什么不去抢救那幅名画呢？

这个问题，虽然过去了37年，似乎仍然具有意义，其意义就在于这看似并不严峻却实实在在的困惑，时刻还会摆在我们的面前。如果要我们回答或者要我们来做，我们该怎么回答，该怎么做？救那只猫，还是救那幅画？或者贪心得两者都要揽在怀里一个也不能够少？或者两者都不要去救，只管自己先逃命要紧？寡妇问赛车手："雕刻家为什么要救那只猫呢？"赛车手告诉她："因为雕刻家认为猫是生命。"原因就这样的简单，但简单的原因背后矗立着人生恒定的价值观念。

生命？生命是唯一的解释吗？在那位雕刻家的眼里，生命就是这样的重要，画，哪怕是名画，对比生命而言，是死的，而唯有生命是活生生的，是珍贵的，是一次性而不可再生的，也就是唯一的，哪怕它只是一只小猫的生命，也是足可珍惜的，是名画也不可以交换的。价值的对比，如此醒目而惊心，不容置疑。如今，还有这样的雕刻家吗？

面对大火，要我们在片刻之间作出选择，我们会如雕刻家一样毫不犹豫地选择猫而放弃名画吗？如果那幅名画是凡·高的、是莫奈的、是齐白石的，或是张大千的呢？我们的心和我们的手，就不会有丝毫的颤抖和犹豫，而毅然放弃它们，冒着熊熊大火的危险，去弯腰抱起一只可怜的小

猫？我们做得到吗？

在商业社会里，特别是像我们这样一个从政治社会到经济社会的转型期，从穷怕了的时代刚刚开始向小康社会迈进的时候，钱忽然一下子显得格外重要。人们很容易从一个信仰疯狂的巅峰跌落下来，一下子跌落到金钱至上的茅草地，而以为是羊绒地毯一样舒服而惬意，极其容易地就完成了从过去对政治的信仰到现在对金钱的信仰从程序到系统的转化。我们会觉得说别的什么都是瞎掰，钱才是好东西，再多也不怕压手。面对大火中价值连城的名画和可怜巴巴的小猫，我们自然心安理得而无师自通地迅速算出两者悬殊的价格。哪怕是再名贵的波斯猫，也比不上名画值钱呀！波斯猫再怎么珍贵也能够找到，而名画才是不可复制的，是一次性的呢。况且，它还不是波斯猫，不过是一只普通的可怜的小猫。用不着计算器，我们心里的小九九，早就已经完成了两者之间的性价比，掂量出两者的分量。

就别再提什么生命了，谁都知道生命的重要，但要看什么样的生命了，要看生命究竟怎么样才能够真正有价值了。没听说早把裴多菲的诗改造成这样的了吗——生命诚可贵，爱情价更高；两者靠什么？没钱都没招。难道不对吗？没钱，即使徒有一具生命，活着也不如一条狗。有钱能使鬼推磨，火到猪头烂，钱到公事办，难道不是已经成为当今牛顿力学的第四定律吗？而笑贫不笑娼，也早已经是见多不怪的社会现象。退一万步讲，没钱，别说越来越昂贵的爱情养不起了，就是救出了猫，也没法子养活它，它也得和爱情一样饿死。

当然，钱并不是魔鬼，腰包里多一些钱也不是什么坏事，越穷越革命的时代早已过去。只是我们应该清醒地意识到并应该警觉的是：贫穷到底的人，容易对金钱产生顶礼膜拜；刚刚富起来的人，容易抱着金钱像抱着刚刚落生的婴儿一样得意洋洋；暴发户，十个手指和脚趾都恨不得戴上金戒指；穷怕的人，容易对金钱产生如性饥渴或性欲狂一样无法节制的欲望。难道不是这样的吗？对于我们，为了金钱而不择手段，甚至不惜违法犯罪，乃至不顾生命的危险(比如贩毒、制造伪劣的一次性注射针管和货车严重超载而致使车毁人亡)的现象还少吗？怎么可能希望我们在大火之中关于名画和猫的选择和雕刻家一致，而企望出现火中凤凰涅槃一样的奇迹呢？

其实，电影里赛车手问年轻寡妇这个问题的时候，他们和我们一样也面临着同样的选择。只不过，他们两情相悦，心心相印，认同了雕刻家的选择，使得他们最终虽没有得到爱情的美满结果却得到了生命意义的升华。

你到底是要名画，还是要小猫？人生中，我们常常会面临着雕刻家和赛车手、寡妇同样的选择。在生命和金钱面前，在精神和物质面前，在显性而高尚的思想追求和明铺暗盖的犬儒主义或赤裸裸的实用主义面前，是需要矗立着迎风飘扬旗帜的宽阔广场，还是只需要自家越宽越不嫌宽的客厅和越来越软的席梦思；是做一株会思考的芦苇，还是做一头快乐的猪，是我们人类永远不会过时的选择。

当人性与金钱狭路相逢 ◎杨 伟

我们的人生中都会充满着许多选择，不同的人对于即使相同的事物，也会有不同的选择，文章就是由这种选择引出的。

文章一开头就写一部老片子——《一个男人和一个女人》。作者写这部电影就是为了引出这篇文章所议论的话题，“如果博物馆失火，是选择救名画，还是救猫”。

很明显，这里的“救名画”和“救猫”是有象征意义的。救名画，意味着重视金钱，救猫则意味着重视人性。人性与金钱历来是冤家对头，两者狭路相逢，该如何抉择？为了辩清这个问题，文章成功地运用了对比手法。先从片子中的雕刻家选择救猫开始分析，文章中写出雕刻家“认为猫有生命”，这是雕刻家救猫的理由，然后作者拿生命和其他比较，认为生命

比任何东西都更加可贵。接下来，作者又从几个层次分析选择救画而不是救猫的理由。先是写这是一个金钱的时代，钱非常重要，认为“钱才是好东西”，就是不用对比也知道名画比一只可怜的小猫值钱，还有“名画是不可复制的”；其次写一些明白生命重要性的人，但这些人认为“只有真正有价值的生命才值得去救”，在不是有真正价值的生命和名画面前，应该选择名画，如果连钱都没有，即使救了猫也无法养活，这就表明了在现代人意识中名画比猫要珍贵。文章还根据我们的现实生活中的种种事实，说明“钱”的重要性。许多人都向往金钱，“钱虽不是万能的，但没钱却是万万不能的”。在这种社会潮流的指导下，许多人都是选择名画而不是选择猫，因为这是一个很现实的社会。通过对比，一个哲理思考出来了：生命在金钱面前，孰重孰轻？

最后一段，作者就文章中的“你是要名画，还是要小猫”提出了疑问，实际上是在问：在现代社会，你选择唯利是图还是追求良心之安？我们到底应该选择什么，这个问题可能是永远值得深思的。

我们的有些社会土壤可能有利于培养贪官——
情妇的献媚、群众的容忍、各式各样的贿赂、唆使……

贪官是这样“出来的”……

张文兵

群众“告”出来的
情妇失宠后“抖”出来的
小偷无意中“偷”出来的
有关部门根据线索“揪”出来的
其他贪官落网后“咬”出来的
收了好处费不办事被“揭”出来的
驾名车养美女住别墅“露”出来的
非正常死亡之后“挖”出来的

社会“情” ◎ 周翠彩

此篇不足百字，说是打油诗也好，说是戏作唱词也好，总之是“杂”。作者按照人物身份的不同，恰当地运用词语：群众是“告”，情妇则“抖”，小偷为“偷”，有关部门来“揪”，落网的贪官反“咬”，还有“揭”、“露”、“挖”，这就体现了作者文笔的巧妙，虽只是几个动词，不仅揭出贪官见

不得人的本质，还表现了不同社会阶层的心理特点。

在这短小的篇幅之外，却是极大的想象空间。其一，贪官为害不浅，几乎各个社会阶层的人都要受其影响；其二，尽管贪官极其狡猾，最终还是栽了跟头，真可谓法网恢恢，疏而不漏；其三，有些社会土壤可能有利于培养贪官——群众的容忍、各式各样的贿赂、唆使……看来，这问题并不简单，不是杀尽贪官之后就可以解决的啊！

文章语言生动形象，简洁有力，字字带刺，针针见血，虽短短的八十来字，所涉及的却是整个社会的方方面面，内涵之大，毫不逊于成千上万字的作品。

Part Two
“鬼话”连篇

盛世的“鬼话”，是真正冷静的诤言，在我们陶醉于繁荣的同时，让我们居安思危。因为它是苦口的良药，虽然它讨人厌烦，看似荒谬。

“人才的核心竞争力，根本取决于其创新能力，而绝不是机械地重复。”

神童之“神”与爱因斯坦之“无知”

姜钦峰

在电视节目中，偶然见识了一位神童。一个年仅11岁的小男孩，当场表演拿手绝活，背《新华字典》。主持人随便报了几个汉字，小男孩不假思索，脱口就能说出该字所在的页码。主持人将信将疑，翻开一部砖头厚的《新华字典》，一一查对后，嘴巴再也合不拢了，竟然分毫不差！有观众站起来表示怀疑，报了自己姓名中的三个字，请他说出页码，小男孩依然不慌不忙，对答如流，一字不差。刹那间掌声雷动，现场观众无不折服，纷纷竖起了大拇指。

若不是亲眼目睹，还真难以置信，世上竟有如此高人，我不由得锁定了频道。

现场表演完毕，神童的父母被请上了台，向观众介绍教子经验。那是一对中年夫妇，看到儿子大大地露了脸，母亲显得异常兴奋。她说，儿子从小就记忆力非凡。在儿子5岁的时候，父母就开始逼他背字典，经过整整6年的努力，终于有了今天的成绩……

节目尾声，主持人问小男孩："等你长大了，将来想干什么呀？"他一脸稚气地回答："我想当科学家，像爱因斯坦那样的大科学家。"理想远大，又是一阵热烈的掌声。只可惜，爱因斯坦无法听到这句话了，如果他老人家地下有知的话，非要气得再死一次不可。

当年，爱因斯坦遭受纳粹迫害，被迫移民美国。当他搭乘飞机到达美国时，机场已被欢迎的人们围得水泄不通，这样的场面当然少不了记者，有个记者没话找话，问了他一个物理学上的数字，可是谁也没料到，爱因斯坦直截了当地回答："不知道。"简直难以置信，这不过是个常识性的问题，就连在场的不少外行人都知道答案，按理说，绝不可能难倒这位20世纪最伟大的科学家，难道是他觉得问题过于简单，为了摆摆架子，不屑于作答？

时隔不久，又有人问起此事，爱因斯坦诚恳地说，我确实不记得那个数字。这可是一大新闻，连伟大的爱因斯坦也有阴沟里翻船的时候！看到对方一脸的不可思议，爱因斯坦接着解释道："我没有必要浪费自己宝贵的精力，只要在百科全书里面一翻，就能翻到的数字，我从来不去记它。"

原来，爱因斯坦的相对论不是背出来的！

看完节目，我忽然来了兴趣，上网在"百度"里搜了一下相关资料，结果又吓了一大跳。神州大地，竟然神童辈出：除了熟背字典的，更有熟背圆周率小数点后350位的4岁女童，还有熟记千首唐诗的5岁男孩。顺着背显不出能耐，还有更绝的，倒背圆周率、倒背《新华字典》！天外有天，人外有人，所言非虚。

难道背下一本字典就能当语言学家，记住了一千首唐诗就能当诗人，背下了圆周率几百位数字就能成为数学家？当然不行。如果说顺着背还有一点点意义的话，那么倒着背，就实在令人费解了，这样的神童要来何用？

既然毫无意义，为何还有那么多人乐此不疲，前仆后继呢？恐怕不是孩子的本意，倒是家长能借此满足自己可怜的虚荣心，看，咱家的孩子多能耐！殊不知，如此教子，训练出来的不过是一部背诵机器，是以牺牲孩

子宝贵的童真和想象力为代价的，有百害而无一益，得不偿失。道理很简单，人才的核心竞争力，根本取决于创新能力，绝不是机械地重复。

毕竟，哪怕孩子能倒背《辞海》外加《大英百科全书》，也背不出“相对论”来，您说是吗？

儿童何苦要做神童 ◎ 邓彦雯

神州大地，如今神童辈出。看罢文章，我却陷入了沉思：“这样的神童要来何用？”

如果说逼迫孩子从小去练书法、学弹琴这种行为该停止，那么，这种逼孩子从小背字典、背圆周率等行为就该彻底消失。前者至少是一门技能，若真的学会了，将来多少有点用处，而后者却完全是父母的虚荣心在作怪，把孩子弄成炫耀的金字招牌。这样用孩子宝贵的童年和想象力换来一台“背诵机器”的行为，再多的苦衷都是借口。文中爱因斯坦的故事正好狠狠地讽刺了这些父母们的无知与荒唐——“相对论不是背出来的”。

孩子有这样的父母，非常可悲！小小年纪就要终年进行与年龄不相称的机械活动，本该缤纷多彩的童年却被塞满了枯燥的东西。孩子成为“背诵机器”，父母们固然是罪魁祸首，但广大的媒体也有不可推卸的责任。把会背字典、背圆周率的孩子称为“神童”去报道，歪曲了“神童”的概念，也点燃了父母们的虚荣心。父母们也就在那可笑的虚荣心的驱使下做尽无用功，到头来孩子的确被称为“神童”了。可是这样的“神童”毫无意义，毕竟“人才的核心竞争力，根本取决于其创新能力，而绝不是机械地重复”。

文章从社会热点事件着笔，紧密联系现实生活，提出了与众不同的观点，通过对比、征引、夹叙夹议等手法来揭露这种扭曲孩子身心发展的现象。言辞机警，思想深刻，情感饱满，结构完整。

如果把群众交给的权力当做自己的财产和荣誉，随意挥霍和践踏，那你就错了；如果把别人的爱戴和信任变成自诩，那你的人生就走进死胡同了。

天下最难写的字

杨学武

天下最难写的字是什么？这个问题不难回答，是汉字。鲁迅说过汉字是天下最难认最难写的文字。不仅外国人把与汉字打交道当做“天下第一难”，就连中国人也无一人敢说把汉字都认全了写好了。那么在汉字里最难写的字是什么呢？有书法家认为是笔画最多的字，也有书法家认为是笔画最少的字。众多书法家各有所长，其见解可谓见仁见智。

清朝大学士李鸿章虽然不是书法大家，但他对写字却另有一番高论，他认为“天下最难写的字是自己的名字”。

有人或许会问：自己的名字怎么是天下最难写的字？每个人从开始学写字时，自己的名字首先是“必修课”，经常写必定写得熟练好看。而且，许多人，尤其是那些出人头地的人，把签名当做一件“神圣”的大事，在写自己的名字上肯下工夫，千锤百炼，炉火纯青，其书法水平堪与颜真卿、王羲之或舒同、启功相比肩。“文革”时有些工农兵出身的领导干部，虽然斗大的字写不到一箩筐，但他们在文件材

料上书写自己的尊姓大名却是“文林高手”。有个相声讽刺某些领导干部除了会认会写自己的名字之外，其他什么字都不会认不会写。这虽是文艺创作，但一点儿也不脱离现实生活。如今有些影视明星为了给“追星族”留下自己的芳名，不惜花钱请人专门进行签名设计。他们以为人家乍看自己龙飞凤舞的签名，就会把自己当做“文化名人”而佩服得五体投地。

李鸿章为何说“天下最难写的字是自己的名字”？其实他所说的难，并非难在名字的笔画多少，而是难在名字的分量太重。分量者，责任也。李鸿章身为中堂大人，兼任洋务大臣和直隶总督，是清政府的栋梁。他的名字在“姓私”时代表自己，在“姓公”时却代表总督乃至朝廷和皇上，其分量何止千钧？他在“卖国条约”上签字，真是一字亿金啊！而且，他的鼎鼎大名一签，不仅意味着几万万两白银“付之东（西）流”，还意味着主权丧失、领土被分割和民心背离、国家衰亡……可想而知，李鸿章在那些“卖国条约”上签字时，绝不会“下笔如有神”，而是下笔如有“绳”。其名字之难写，恐怕是天下之最。他之所以感叹“天下最难写的字是自己的名字”，也许正是表明他心底的难受之情。看来，能认识到自己的名字是天下最难写的，说明他能掂量到名字的分量，有“不能承受责任之重”的自知之明。

古往今来有如此自知之明的人并不多，许多人反而认为自己的名字是天下最好写的字。有些名人要员为了使自己的名字“名垂千古”，到处给名胜古迹、自然风景区和工程建筑物题字签名，自以为是增光添彩，实际上是“精神污染”；有些贪官污吏把自己的名字当做权力的象征，随意签字批条，进行权钱交易，为自己牟取私利。大贪官胡长清

写得一手好字，他的名字虽然没有李鸿章那么值钱，但也一字万金，给他换来不少好处。名字一旦沾上“名利”二字，就会使人名迷心窍，利欲熏心，飘飘然以为自己的名字是天下最好写的字了。好写之好者，在于好处是也。

自己的名字是难写还是好写？人各有志，人各有爱，答案各有不同。

名利累人 ◎孙海华

《天下最难写的字》提及一个重要的历史人物——李鸿章，因为不得不在“卖国书”上签下自己的名字，终于成为历史的罪人，背负着遗臭万年的罪名。难怪他感慨：天下最难写的字是自己的名字！

但是，李鸿章的感慨并未足以警醒世人。为什么？因为名字总是与名誉、利益等东西扯在一起。名与利，这是千百年来人们趋之若鹜的目标，谁愿放弃啊，所以，人们根本不想正视李鸿章的感叹，依然醉心于追求名利之中。在封建社会末期的欧洲，男人最注重的就是名誉。有时候为了维护自身的名誉，竟可以置亲情友情于不顾。名利之害人，可谓极矣，古今中外，无一幸免，但人们仍然心甘情愿地在名利场上前仆后继。名誉对一个人真的那么重要吗？

凡事都有两面性，我并不否定名誉、荣誉的益处。在竞争激烈的商场，产品拥有响亮的声誉能给商家带来无限的商机；一个民族，好的声誉是他们赢得世人尊重的前提；一个集体，荣誉是催促其成员上进的力量；一个人，好的名誉是他成功的基础。名誉的重要性显而易见。但是，别忘了，这些“名誉”都应当是亲手奋斗而来的。如果把群众交给的权力当做自己的财产和荣誉，随意挥霍和践踏，那你就错了；如果把别人的爱戴和信任变成自诩，那你的人生就走进死胡同了。李鸿章的感慨，正源于此。所以，你在练习写自己名字的同时，千万别忽略了名字背后的深义。请记住，利累人，名也累人啊！

一个不敢正视失败、喜好粉饰落后、自我吹嘘的人，真的能够找到差距、吸取教训、迎头赶上吗？

中国足球特“圆”

乐　明

足坛有句颠扑不破的流行语：足球是圆的。

以韩日世界杯而言，夺冠大热门的法国、阿根廷、葡萄牙，被踢出16强，早早打道回府，而本为足坛弱旅的日本、韩国队，却横空出世，以小组头名出线，使本届世界杯天下大乱，出现所谓“农民暴动，贵族没落”的局面，令全世界的球迷们大跌眼镜，然而只消一句话，足球是圆的，就足以对此类意想不到的事给出一个绝妙的解释。正因为足球是圆的，那么，世界杯赛场上就什么事都可能发生，也可以发生。

不过，我还想再对这句话作些引申，这就是：中国足球特圆。

我之所以这样说，是因为有充足的“理由”，来为中国队此次兵败韩国自“圆”其说。

赛前，从中国足协、教练组，到一些球员和许多球迷，都满以为能实现“进一球、得一分、赢一场”，挺进世界杯16强的梦想。可事实上，与哥斯达黎加打成0比2，后又接连0比4、0比3负于巴西、土耳其，以三场皆没、一场未胜、一分未得、一球未进的惨败，匆匆结束了中国队的世界杯之旅。他们带了几筐咸鸭蛋去参赛，归来时又拎回9个大鸭蛋，“圆”

着去，“圆”着回，真是一次“圆满”的比赛！

面对如此沉重的失败，有些人依旧强词夺理，说中国球员虽然没有实现既定目标，但精神面貌是好的，而且一场比一场打得好，起码说，“态度”是好的。一句话，中国队的总体表现是好的。某些国人的巧言令色，简直能把失败“圆”作胜利，把稻草“圆”成黄金！从媒体报道和足坛人士的口中，我见识到了他们巧舌如簧的“圆”通功夫。

中国队净丢 9 个球算什么，还有比咱更差的，沙特队不就被灌了 12 个蛋吗？好歹在 32 强中列第 31 位，到世界杯赛场上走了一遭！瞧，像荷兰这样的强队还没进世界杯哩！

一球未进、一场未赢又怕什么，人家法国队还是上届世界杯冠军呢，不也是一球未进、一场未赢嘛。咱们的水平虽不济，可不也同法国队的成绩持平吗？

被巴西踢进 4 个球不丢人，日耳曼人一场就灌沙特队 8 个球，咱们只有他们一半，再说又是输给老牌冠军巴西呀！

假 A、假 B、黑哨、假摔，这些中国足球的丑陋，也无须大惊小怪。这届世界杯，不是照样有黑哨、假摔吗？世界足坛盛会都不可避免的事，咱们能例外吗？扫黑打假之类，趁早稍息。

侥幸去了一回世界杯，虽大败而归，可中国足球的自我感觉良好。人家是去比赛“踢球”争胜，咱们是去学习踢“态度”、交“学费”，因而可以不计输赢，照唱赞歌。

实在交代不了，还可以拎出老祖宗来给咱打打“圆”场。现代足球咱不行，可足球的发明专利在咱中国。远在黄帝时代，有记载的汉、唐、宋各代，中国的蹴鞠(cù jū)运动，就从宫廷普及到了民间，刘邦、李偎、赵佶等几个皇帝都是足球高手，“老外”们那时候还在茹毛饮血哩。“蹴鞠当场二月天，香风吹下俩婵娟。汗沾粉面花含露，尘拂娥眉柳带烟。翠袖低垂笼玉笋，红裙斜曳(yè)起露金莲。几回踢罢娇无语，恨煞长安美少年。”(李渔《美人千态词》)那时要有世界杯，中国队只消调遣几个宫女，准把

西洋、东洋“蛮夷”，踢个一佛出世，二佛升天！阿Q前辈早说过，“我们先前——比你阔多了啦！”(鲁迅《阿Q正传》)中国足球，有一大堆为失败辩解、开脱的“理由”，故而虽败犹荣，败亦自豪！

阿Q长了一条小尾巴，临死都画不好个“圆”。阿Q的子孙剪掉了那根辫子，便成了阿O。阿O们做事的本领虽差，但有祖传的精神胜利法在，什么都能说得“圆”。可是，一个不敢正视失败、喜好粉饰落后、自我吹嘘的人，真的能够找到差距、吸取教训、迎头赶上吗？

也许，唯因中国足球特“圆”，所以，中国足球才注定要命运坎坷吧。

我们的足球需要什么？ ◎ 梁兰花

如今，足球已成为全球性的运动。现在的中国足球，用个可能夸张了点的比喻，就像已经死亡的树苗，不仅停止了生长发育，甚至在慢慢枯萎了。在很多涉及中国足球的报道和文章中，我们看到的大多数是赞美其虽败但精神可嘉之辞和中国球员在球场上的飒爽英姿。作者的这篇《中国足球特“圆”》却与众不同。作者一开篇就写“足球是圆的”，“只消一句话足球是圆的，足以对此类意想不到的事给出一个绝妙的解释”，然后话锋一转引出中国足球存在的问题：我们的足球不需要“圆”。

作者分几个层次谈论为什么说“中国足球特圆”。先是写“三场皆没、一场未胜、一分未得、一球未进的惨败，匆匆结束了中国队的世界杯之旅”。其次是写面对如此沉重的失败，“某些国人的巧言令色，简直能把失败‘圆’作胜利，把稻草‘圆’成黄金”，“咱们的水平虽不济，可不也同法国队的成绩持平吗？”再次是写中国队虽败犹“荣”，“侥幸去了一回世界杯，虽大败而归，可中国足球的自我感觉良好”，“因而可以不计输赢，照唱赞歌”。最后实在交代不了，“还可以拎出老祖宗来给咱打圆场”。通过上面这几个层次的渐进论说，中国足球不敢正视失败、喜好粉饰落后、自我吹嘘等等弊端尽现于读者眼前。在文章的结尾，作者认为中国足球之所以注定命运坎坷，也许原因就在于太“圆”之故。那么，中国的足球需要什么，也就不言而喻了。

作者紧扣主题，通过讽喻，揭露中国足球的弊端。这篇杂文全文弥漫着浓郁的暗讽意味，而且语言明晰风趣，分析切中要害，具有很强的说服力和警示意义，让人明白一个不敢正视失败、喜好粉饰落后、自我吹嘘的人是绝不会迎头赶上，努力争取真正成功的。

先有民族利益再有个人利益。可是个体公民的价值和作用也是相当重要的，假如没有了个人，何从谈起民族和国家呢？

尊重咱们自己的公民

张心阳

常常有这样一种感觉，就是在咱们国家，自己的公民往往不如外国人那样受到礼遇和尊重。比如在北京故宫，就专设了“外国游客入口处”；在某城市的酒吧街，专设了外国人的如厕间；在商场酒店，服务人员对外国人说话客客气气，对自己的同胞一处没对劲就甩出几句国骂；外国人在咱们中国游玩发生了问题，总是调遣最现代化的交通工具和最高明的医生去营救和救治，而国人则未必有这般福气。

你不能不奇怪，咱们中国人好像自己都瞧不起自己似的。可人家老外不这样，自家的公民最受优待。在美国空港入口，美国人总是优先，外国人靠后。检查行李，对本国公民态度极好，对外国人既严肃又严格。日本也这样，那里的空港，日本国民的进港通道有七八十来个，给外国人的只一个。嫌太挤，那好。等日本人全部走完了，他转换过牌子，你再进来。是人家发达了看不起人吧？不！他们懂得，无论是总统还是职员，是军官还是失业者，他们享受到的福利大都是由本国公民创造的，本国公民才是自己的衣食父母。怎么能对自己人麻木不仁呢？相形之下，我们的一些人的衣食住行好像是外国人白送的，恭外而倨内。

前些天从网上看到浙江大学博士、教授郑强的一个演讲稿，说及此事时他的血管都快爆了："中国人为什么这些年都往外跑？最重要的是要让国民爱自己的国家。在广西，美国人的骨头埋了几十年，还叫中国农民去找，把美国人的骨头找到了，放在棺材里，送回到白宫，举行隆重的仪式、行军礼，这怎么能让美国人不自豪？反之，找美国人骨头的中国农民在寻找时摔了一跤，骨头摔坏了，给 200 元钱就打发回家了……一个日本的农民跑到峨眉山去玩，骨头摔断了，你就用中国空军的直升机去救他，而在日本大学一名中国留学生在宿舍里死了 7 天才被发现；名古屋大学的一对中国博士夫妇和孩子误食有毒蘑菇，孩子和母亲死了，父亲则是重症肝炎，在名古屋大学医院的门诊室等了 12 个小时，也没有一个日本教授来看望！而你们为什么还要这么友好，以为自己很大度，实际上是被人耻笑，笑你的无知！你们这个民族贱！"自尊者人必尊之，自贱者人必贱之。你首先把自己人看重了，人家才把你看重。几年前发生的一个美

国青年在新加坡撒野而将受鞭刑的事，我觉得这两个国家都了不起。一方总统亲自出面替本国公民求情，可见国家对国民的重视；另一面偏不理这个茬，鞭子照抽，因为涉及国家的尊严，你抽了，人家才拿正眼看你，不抽，人家反而看不起你。这事要给咱们怕早就“下不为例”了。

曾几何时，我们总是强调集体主义，蔑视甚至抹杀个体公民的价值和作用。其实抹杀了个体公民的价值就等于抹杀了民族价值。英国国家石油公司安装输油管道，要从一个老太太别墅底下穿过，老太太就是不让：国家怎么能侵犯个人利益呢？的确，没有个人利益哪有民族利益？最后国家认输了，输油管道只好绕开走。

真正的马克思主义者并不是只重国家和集体而轻视个人价值，马克思把黑格尔颠倒了的国家与人的关系重新倒过来，认为国家不是人的存在的基础，“国家的职能等等只不过是人的社会特质的存在和活动的方式”，认为“人是国家的最高本质”。就是说，国因人而存在，而不是人因国而存在。国家怎么可以凌驾于人民之上，甚至可以不尊重他的人民呢？一个民族的精神首先体现在国家对待国民的态度。一个缺乏自爱或不把自己的人民放在眼里的国家，人民不会爱这个国家，别人也看不起这个国家。

我不是民族主义者，但我相信一个不知道民族自爱和政府应该如何尊重它的人民的人，也绝不是国际主义者。现代文明认为：“国家的作用是保护人身安全和健康；保护人身自由和私有财产；抵御任何暴力侵犯和侵略。一切超出这一职能范围的政府行为都是罪恶的。”

请重视个体公民的价值 ◎ 姚小慧

拥有五千年悠久历史的中国是个“礼仪之邦”。然而，其中的“礼”好像是对外国人而言，对自己国家的公民则几乎等于“零”。

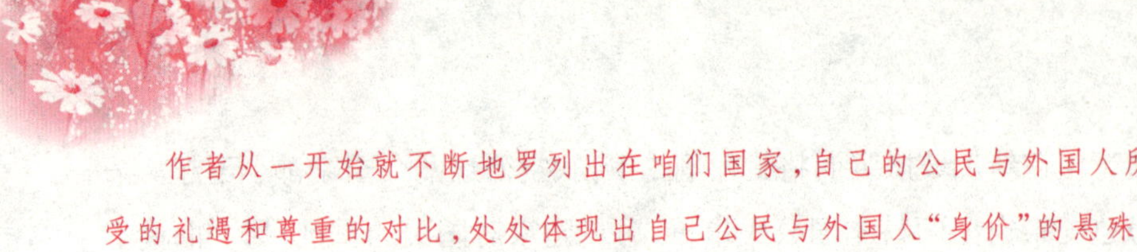

作者从一开始就不断地罗列出在咱们国家，自己的公民与外国人所受的礼遇和尊重的对比，处处体现出自己公民与外国人“身价”的悬殊。可是在别的国家，本国的公民无论在何时何地，永远都是最受优待的。

为什么会这样？因为人家懂得，“无论是总统还是职员，是军官还是失业者，他们享受到的福利大都是由本国公民创造的。”如此，他们能不尊重本国的公民，重视本国公民的价值吗？

文中引用了一段演讲稿，凡是有血性、有情感的中国人看了后都会感到汗颜与愤怒！同样的农民，一个是寻找美国人埋了几十年的骨头，一个在风景区游山玩水，同样是摔断骨头，前者给了两百块就打发回家，后者则是动用中国空军的直升机去救助。就是因为前者是自己的国民，后者是日本人。而在日本遭遇不幸的中国留学生与一对博士夫妇却沦落到无人问津的境地。这也就说明了“自贱者人必贱之”。

当今中国很多知识分子谈得最多的是出国、移民，于是许多有才能的人全跑到国外或移民到国外去，然后在那里工作、生活，为那个国家创造出不可估量的财富。有资料显示，在美国硅谷工作的人当中有相当一部分是华人。他们为什么老往外跑？难道国内没有合适他们的工作吗？不！这里有一部分是个人的原因，但更多的是我们国家没有给他们应得的礼遇和尊重，也许他们感到在别国自身的价值更能得到体现，这不能不引起我们深思啊！

很多时候，我们都被灌输这样的理念：先有民族利益再有个人利益。可是个体公民的价值和作用也是相当重要的，假如没有了个人，何从谈起民族和国家呢？国是因人而存在，而不是人因国而存在。

文章选材精当，角度独特，写得酣畅痛快，洋溢着民族自尊的激情。大量引用生活实例，又使论证显得更加有力，令人不得不折服。最后一句“一个缺乏自爱或不把自己人民放在眼里的国家，人民不会爱这个国家，别人也看不起这个国家”，既是点题句，也是广大人民群众的真正心声。

能忍、善忍，要么是文明修养的表现，要么是贫穷奴役的结果。我们民族的善忍只可能是长时间地被剥夺和被奴役的精神产品。

又见“精神鸦片”

周　彪

看了一篇赞美中国人的忍耐力的文章，第一感觉是又吸了一回“精神鸦片”。不过这回作者是借他人之口来表达的：

“中国人比白人有更大的生命力。”一位叫罗斯的西方人这样说。中国人“活易死难”，一个叫史密斯的西方人也这么说。在第一条横贯美国的铁路的修建工程中，绝大多数工人是来自中国的“猪仔”劳力，他们的工资不及白人的一半，担负的却是最危险的最艰苦的工作，一位在排华浪潮中为华工辩护的美国人作证说……

生为中国人，我自然知道国人的善忍。从小父母告诫我：忍得一时之气，免得百日之忧。上学了，老师教导我：忍是一种美德。一个又一个伟人、名人的故事也有一个“忍”字横贯其中。总之，“忍”是生存的方法；“忍”是成就大业的途径；“忍”是东山再起的本钱；“忍”是人生命的一部分。于是“忍”来“忍”去，“忍”就成为中国人的一种生存哲学，进而成为一种民族的“美德”！但我始终不解的是，世界上有那么多的民族，为何唯有我们的民族对“忍”情有独钟？

能忍、善忍，要么是文明修养的表现，要么是贫穷奴役的结果。中国人的善忍当然不是前者，我们虽然有过“文明”，但难以形成“物质力量”，更难以对每一个个体带来精神的飞跃。我们民族的善忍只可能是长时间地被剥夺和被奴役的精神产品。一个长久地处于封建专制政治和专制文化阴影下的民族，是不会有自己的个性的：共性消灭了个性，消灭了个性，自然就只剩下共性，这个“共性”就是我们有人引为自豪的被别人所“赞赏”的“忍耐力”。

在我的阅读记忆中，“忍”好像并非我们这个民族的天性。三千多年前，我们的先民曾有过“时日曷丧，予及女偕亡”的怒吼，也有过“彼君子兮，不素餐兮”的控诉，更有“逝将去女，适彼乐土”的强烈的愿望；至于陈王，“奋起挥黄钺”的壮举，更是给我们这个民族的“不忍史”书写了辉煌的一页。是什么时候，什么原因，先人们的怒吼变得越来越纤细？诅咒变得越来越无力？当叔孙通给刘邦炮制君臣“大礼”的时候，当董仲舒为汉武“定于一尊”的时候，当宋明“理学”成为民族的“文化”时，当专制因此变得越来越暴戾的时候，一把把有形和无形的“刀”就顺理成章地悬在了先人的脑门上。刀丛下的日子一年又一年，一代又一代地传承下来，匍匐太久的身子还能直得起来吗？于是“忍”就成了先人们能活下去的唯一的选择，天长日久，肢体僵硬了，精神麻木了，最终“忍”就一点一点地浸入到我们民族的骨髓里去了。剥夺了人格和尊严的“人”，在自己的土地上是任人蹂躏的奴隶，到了异国他乡就成了任人宰割的“猪仔”。其实，人生世上，有谁愿意屈辱地活着？如果不是贫穷无靠，不是走投无路，谁能忍得下去？

西哲有言：专制使人愚昧。其实专制也是贫穷的根源。对于中国人而言，专制和贫穷恰是“忍耐力”生成的土壤。中国的历代封建统治者最擅长的就是用专制政治和专制文化来奴役我们的民族和人民：愚昧其心灵，践踏其人格，摧毁其尊严，然后无所顾忌地剥夺他们的财产和生命……凡此种种，终于“造就”了一个特具“忍耐力”的民族。

从苦难中和屈辱中“生成”的“美德”，除了让我们感到辛酸痛楚之外，我想，恐怕只有那些没心没肺的人才能感受到“光荣”和“自豪”吧。

理趣为本 义愤为骨 ◎ 符武卫

杂文以理趣为本，同时肩负了批评世俗、反思历史等重任。此文在这方面可算是一个典范。

文章起于读了一篇赞美中国人忍耐力的文章，说是“中国人比白人有更大的生命力”，“活易死难”，是“猪仔”，感到这种赞美是“又吸了一回‘精神鸦片’”。鸦片害人于无形，人所共知，那么这种赞美是不是也这样？下文就展开了说理。我们之所以“有更大的生命力”，之所以“活易死难”，之所以成了“猪仔”，是因为我们的生存哲学——“忍”。我们的祖先总结生存经验，早已经暗示我们做人要把“心”放在“刃”下了。我们是在锋利的“刃”的考验下练就了“活易死难”的本事的！“吃得苦中苦，方为人上人”，“忍一时风平浪静，退一步海阔天空”，这就是“忍”。古人更作了一首“百忍歌”来告诫后人：“能忍贫亦乐，能忍寿亦永”；“不忍小事变大事，不忍善言终成恨”；“忍得淡泊可养神，忍得饥寒可立品，忍得勤劳可余积，忍得语言免是非，忍得争斗消仇冤”；“忍得人骂不回口，他的恶口自安静。忍得人打不回手，他的毒手自没劲”……于是“忍”来“忍”去，“忍”就成了中国人的生存哲学，进而成为一种民族“美德”！“世界上那么多的民族，为何唯有我们的民族对‘忍’情有独钟？”作者这句话算是说到读者的心里去了，引起了共鸣。难道真如作者所说，“忍”是中国人的“共性”吗？马克思有个很有名的比喻，他说东方民族的人民就像大麻袋里的土豆，一个个慈眉善目的受气样，彼此分散，没啥组织。这就是因为“忍”。我们的民族坐在高高的“忍”椅上，直到有一天外人把我们撞倒，摔个半死半活的，我们还“忍”吗？

作者在文中为了辩理，纵横千里，跨越千年，真可谓杂，但以“义愤”为主骨，显得深入浅出，读来并无散乱之感。

"道德"是建立在血的基础上的，代价太沉重了、太血腥了，我们输不起，同样也赔不起。

道德丰碑下的殉葬品

吴钩金剑

南宋末代状元文天祥被元朝统治者杀害前，曾留下一首《衣带铭》："孔曰成仁，孟曰取义，唯其义尽，所以仁至。读圣贤书，所学何事？而今而后，庶几无愧！"这是文天祥的道德自许，也是儒教意识形态下正统读书人的精神写照。儒家赞同杀身成仁、舍生取义，饿死事小、失节事大，身家性命与仁义忠节相比，不是特别值钱的，所谓"人生自古谁无死，留取丹心照汗青"，芸芸众生逝去了，如烟云消散，不留痕迹；舍生取义的圣贤后裔们则在身后竖起万人景仰的道德丰碑。

我读史书时，每遇到一座这样的丰碑，心头总是油然生起崇敬之情，直至有一天，我发现，这光彩夺目的丰碑不单由烈士的血肉筑成，底下还垫着被烈士拉来殉葬的累累白骨。每念及此，对先贤的道德形象难免就暗生了疑窦。比如，南宋末年，文天祥被俘后，陆秀夫与张世杰一道，共撑危局，1279 年 3 月，南宋小朝廷与元军在广东崖山海面决战，宋军败，陆秀夫自觉护驾无力，决心以身殉国，乃先驱妻子入海，哭拜幼帝："国事至此，陛下当为国死，德佑皇帝辱已甚，陛下不可再辱。"然后抱起9 岁的小皇帝，以匹练束在一起，用黄金玉玺坠腰间，从容投海，完成了舍生取义的最后一个规定动作。对陆秀夫而言，他的死已经成全了自己的千古忠名。如果陆秀夫孤身蹈海，我会对他保持完整的崇敬，可是，想到陆的妻儿，不是死于敌手，也不是为敌所掳，而是被丈夫驱逐投水，还有一个尚不懂世事的9岁小皇帝，也糊里糊涂"当为国死"，成为陆左丞相的道德殉葬品。我心里实在纳闷：为着一个崇高的道德目标，决意殉道的人是不是就可以要求旁人跟他一样舍生取义？舍生固然可取义，杀身固然可成仁，然而，"取义"、"成仁"是不是可以成为舍他人之生，杀他人之身的正当理由？

对于儒教意识形态下的道德志士来说，答案是不言而喻的，孔夫子只说过：己所不欲，勿施于人。既然一个伟大的道德目标可以让自己为之献身，旁人当然也不应该苟且偷生，换句话说，要他们为大义放弃生命来成全自己的道德追求也是合乎道理的。明初的方孝孺是一位青史留名的德高望重之士，野史相传朱棣(dì)夺位成功后，召方孝孺起草登基诏书，方坚拒，再追之，乃书"燕贼篡位"四字，朱棣大怒道："汝独不顾九族乎？"朱棣果然就诛了方氏十族。旧时株连，最严重的是诛九族，诛十族则自方孝孺始，朱棣的残忍令人发指，方孝孺"威武不能屈"的胆气也的确让人肃然起敬，但他一句"便十族奈我何"更令我不寒而栗，对十族人的性命，道德志士何尝比流氓皇帝更懂得珍惜？只不过朱棣杀人乃是出于权欲，方孝孺则将十族性命当成道德追求的殉葬品。

流氓帝王杀人，仗恃的是暴力，有时还难免自知理亏，要百般掩饰，比如方孝孺死后，天启二年，朱明皇帝还得录方氏遗嗣，给予祭葬及谥号；道德志士拉殉葬品，依据的是道德律令，于是更显得理直气壮，于心无愧。且看《唐书·忠义传》的一段记载："张巡(唐朝将领)守淮阳城，尹自奇(叛军)攻城既久，城中粮尽，易子而食。巡乃出其妾，对三军杀之，以飨军士，曰：'请公为国家戮力守城，以啖将士，岂可惜此妇人！'将士皆泣下，不忍食。巡强令食之。括城中妇人既尽，以男夫老

小继之，所食人口两三万。”这就是历代赞颂的“杀妾飨士”之事。在野蛮战争中，破城之后大肆屠城、杀降卒的事情并不鲜闻，这里体现的是血淋淋的法则，没什么可说的。但张巡杀妇幼飨军士，与其说是丛林法则下的野蛮行径，不如说是基于精忠报国追求的“道德”抉择。本来道德的形成正是人类告别丛林法则的标志，何以在道德感召下的张巡却做出了比丛林法则更血腥的大屠杀？为了守住一座城池，为了只忠朝廷，不惜杀掉两三万老百姓，最后终于博得一个“忠义”之名，名字写进《忠义传》。我怎么也想不通，这是哪一门子“忠义”。

当人们对道德志士竖起的丰碑大加礼赞时，我忍不住为这些丰碑下的道德陪葬品感到戚然、悲愤。历史是不公平的，杀身成仁的志士至少已经“留取丹心照汗青”了，被杀身成仁的殉葬者却连名字也没有留下，至死也不明白何以成了道德志士的陪葬品，没有人追问他们是不是愿意为志士的道德理想献出生命，也没有人在乎他们被驱入茫茫大海，被推出午门斩首，被宰了煮食之时，如何恐惧、惊慌、疼痛、无助、挣扎，历史只记住了道德志士们壮怀激烈的远大抱负、慷慨赴死的崇高气节。

我以前曾写过一篇《受虐的“道德快感”》，点破了某些道德贞士的奴性倾向：“不负民主”、“表忠心”之类是贞士们的道德本能，即使心迹一时为主子所不明，肉体上付出惨重代价，也在所不惜，甚至更显忠烈，心头道德快感不由油然而生，他们发达的道德信念掩盖着的其实就是严重退化的独立人格，揭开他们的道德面纱，就是一副奴颜媚骨。现在想来，既然有人习惯从受虐中体验道德快感，且让其继续受虐去，只要不拉住旁人与他一块分享虐后快感就可行了。相比之下，那种为着崇高道德理想而不惜扯上旁人垫背殉葬的道德烈士更需要警惕，最好敬而远之，保不准哪一天他们成就了千秋忠名，在历史上竖了一块道德丰碑，而我们这些无辜的平民百姓却莫名其妙地成了丰碑底下的道德殉葬品。

“道德”杀人亦邪恶 ◎ 窦忠华

文天祥的《衣带铭》足以说明“取义”、“成仁”是自古以来道德的最高境界，一个人追求这些本没有错，错就错在他们通过不当的途径去追求。自古佛家“慈悲为怀”，主张“救人一命胜造七级浮屠”；儒家提倡“修身，养性，齐家，治国，平天下”，讲究“以德服人”，这些都没有提到要以牺牲他人性命或利益来显示自己的高风亮节。但有的人却为了追求这“身后名”，置他人性命于不顾，这算是崇高吗？这种“道德”是建立在血的基础上的，代价太沉重了、太血腥了，我们输不起，同样也赔不起，但我们还躲得起。

陆秀夫、张世杰这种行为告诉了我们，这种风险高的“德”，利诱也很强烈，引来无数一生“好”此之人垂涎三尺，他们不惜踩着别人的肩膀来圆自己的摘星梦，经过无数次轮回，“星”到手了，可“心”又不知哪儿去了。假如这些“高风亮节”之士泉下有知，看着脚下的模糊血迹和累累白骨，不知道有何感受？是否仍要坚持以牺牲他人来彰显自己的英雄本色和德高望重？

陆秀夫、张世杰大举反元失败后，接下来不到一年里，已有10万余民众殉海。这些人，我们敢肯定说都是杀身成仁、舍生报国之士吗？恐怕不能，正如作者所言，说不定还有不情愿、被迫之迹象呢！虽然在那些仁人志士看来，投降是可耻的，舍生取义、杀身成仁才是唯一显示本人高尚道德的出路，可是他们并没有问过别人是否同意，就独断专横，硬施于人，如“杀妾飨士”，全城两三万人之被吃，这些人都是无辜的，被别人拉来作道德的殉葬品，这种方式太过于残忍。这些人为求虚名，无视生命之重，非但称不上是“仁”和“义”，甚至显得有些卑鄙；同样是名垂青史，可人家雷锋、焦裕禄、孔繁森就没有用这种方式来成仁。相较之下，孰轻孰重，孰智孰愚，不是明明白白了吗？

在工作、学习、生活乃至整个人生中，效率才是最重要的。

短的启迪

祖丁远

不久前，举世闻名的高等学府——美国耶鲁大学举行300年校庆盛典。堂堂耶鲁大学校长西装革履登台致辞。人们总以为他将作一场一两个小时的、洋洋洒洒的讲演，不料这位银发老人只用不到一分钟、寥寥100多字，回顾了这座世界名牌大学300年的辉煌。这篇致辞译成中文，实在短得令人叫绝，不妨把全文抄录如下：

> 今天，我们不要只说耶鲁的历史上出了5位美国总统，包括近几十年来接踵入主白宫的老布什、克林顿和小布什；也不要只说耶鲁是造就首席执行官最多的大学摇篮。我们更应该记住，耶鲁的毕业生中有3位诺贝尔物理学奖、5位诺贝尔化学奖、8位诺贝尔文学奖和80位普利策新闻奖、葛来美奖等奖项的获得者。耶鲁，我们的耶鲁，自始至终坚持为人类文明社会进步服务的理念！

致辞连标点在内只有169个字。是呀，耶鲁大学创立300周年，在这

样一个盛大的校庆盛典上，大学校长要是长篇大论，从头至尾地总结300年来学校是如何走过来的，列上甲乙丙丁、一二三四、ABCD，事无大小地讲上一通，就是写成一万字、两万字的讲话稿，也不嫌很长的(按照我们中国人的习惯)。但在美国，在耶鲁大学这位校长看来，用1分钟时间，那169个字的致辞，已经足够了，把耶鲁300年来培养的杰出人才列出，已经充分说明了耶鲁的一切。其他等等，由关心和热爱耶鲁的人们去写书、去发掘、去总结吧！作为今日耶鲁大学的校长，何必翻炒这部历史而多言呢？

这可能也是美国的传统，平时从电视新闻中看到的学者、专家发言，大多只是三言两语，把问题说清楚，让人理解或有所启发就行，即所谓的“点到为止”。就是美国历届总统，发表讲话也是非常简练的，不像我们中国人，就怕听者不理解、不认识，总是翻来覆去，一而再，再而三地讲，一遇到政治性大事，就得老话、套话说不停。其实重复的套话是没有人要听的，也是听不进去的。人们的求知欲望是要新鲜的、有创造性的，讲话就得言简意赅。新闻传媒也不例外，读者喜欢新、短、快的报道。要写短新闻，说起来容易做起来难，记者把新闻写得又新又短，着实不那么容易！

无独有偶，在人们的印象中，写人物传记、写自传，总以为可以放开手脚写了，十分详细地写，写得长长的自传很多。世界鼎鼎大名的诺贝尔一生经历坎坷，阅历丰富，事迹突出，如果写他的传记，或他写自传，不仅人物典型、素材好，而且事例很多，写上百万字也写不完，可是诺贝尔的

自传，却很短很短，译成中文，加上标点，总共不过108个字。无论从其经典的角度，还是从其理想的坐标，这个自传都绝不亚于一部皇皇巨著。诺贝尔的自传全文如下：

艾·诺贝尔呱呱坠地之际，一个仁慈的医生就该尽早结束他多灾多难的生命。主要优点：平素清白，从不牵累别人。主要缺点：未娶，无家室，易发脾气，消化不良。唯一愿望：不要被人活埋。最大罪过：不向财神顶礼膜拜。一生重要事迹：无。

读了耶鲁大学校长300年校庆典礼上的致辞和诺贝尔自传后，你能得到什么启迪吗？

效率最重要

◎ 王府城

演讲是我们日常生活中常见的。学校开学典礼会演讲，上级人物到基层去了解情况会演讲，一些人开记者招待会也演讲。但是那些演讲往往是又长又臭的，听得人们直打瞌睡。

不过《短的启迪》一文却给我们讲了一种截然不同的演讲，此文一开始就提到不久前美国耶鲁大学校长那虽不到一分钟却美轮美奂的演讲，令人拍案叫绝。然后又很自然地过渡到我们中国人习惯作长篇大论，却从不嫌长。美国人的"点到为止"与中国人"长篇大论"形成对比，反衬出我们中国人在遇到一些问题时的大张旗鼓，唯恐别人不知道，这从侧面反映出我们不讲时效、办事拖拉的作风。其实，在工作、学习、生活乃至整个人生中，效率才是最重要的。我们工作、生活中的很多空话套话假话大可不必一讲再讲、一强调再强调，但有的人就喜欢这样；有些事是可以一步到位的，却喜欢绕来绕去折磨人。我们是否真的应该从此文中领悟一些什么呢？

文章最后一段以一个反问句来结束全文，留下很大的反思空间，起到了画龙点睛的作用。

Part Three

荒诞时代

社会的真正公平，必是基于公众的利益，像一碗平端的水，等待着法律的保证。如果想减少愚蠢的损失，就应该首先观照时代的镜子。

我们扪心自问：这些错位的热情，对象选对了吗？

“市长救人”的新闻该怎么写

曹　林

领导面子大，所以什么开幕式啊、展览会啊、报告会啊，凡有领导出席的地方必然会掌声如雷！可你相不相信见没见过在有领导“出席”的、血淋淋的车祸现场会从人群中“爆发出一阵热烈的掌声”！一个青年出了车祸倒在血泊中，一位市长出现在现场救人，于是，媒体的报道就把一场血淋淋的悲剧演绎成了一幕歌颂市长亲民美德爱民形象的政治喜剧！

这事发生在厦门，新闻来自中新网，“市长”是该市市长：一青年遭遇车祸倒在了卡车车轮下，一名中年人用自己有力的双臂小心翼翼地将青年从血泊中抱起，让自己的司机火速将伤者送到医院抢救。围观人群中突然有人叫了起来：“张市长！救人的是张市长！”人群中爆发出一阵热烈的掌声。新闻的结尾是这样写的：记者在医院急诊部见到了已陷入半昏迷状态的伤者。记者问：“你知道是张市长救了你吗？”他微微点头，眼角渗出了几滴泪珠。

一个市长的参与，让一场平常的车祸变成了一条新闻，让血淋淋的现场爆发出了热烈的掌声，让一场悲剧变成了一幕喜剧，让“昏迷的青年”沾了一次市长的光被媒体采访了，让一条社会新闻变成了时政新闻。我不知道那位遇车祸的青年有没有因为是市长亲自救了自己而感到荣幸万分，然后发出“这车祸遇得值”的感慨，反正媒体和观众的荣幸感是溢于言表的，又是报以热烈的掌声，又是急着采访处于半昏迷的伤者：“你知道是张市长救了你吗”，真恨不得出车祸的是自己。

媒体和旁观者“媚官”的心态由此可见，根深蒂固，深入文化骨髓，一有机会就表现出来，这种“媚官心态”的表象是：只要有领导出现，其他什么都变得不重要，遇车祸的人死不死并不重要，有没有人救助并不重要，见到领导就激动，一激动就要鼓掌，何况是一市之长，何况是救人的壮举！

中共中央政治局曾召开过会议，研究进一步改进会议和领导活动新闻报道等工作，对各级党委和新闻媒体提出了“改进会议新闻报道、少报官多报民”的要求：多报道对工作有指导意义、群众关心的内容，努力使新闻报道贴近实际、贴近群众、贴近生活。针对中央的要求，媒体形式上倒落实得不错，又是减版面，又是在数量上少报领导，可是，不少媒体对“三贴近”的思想有没有领悟透呢，有没有在本质上根除报道中的“媚官心态”呢？最起码从这篇报道中没有看出来。

这个小小的再平常不过的车祸难道真的没有值得发掘的东西吗，难道没有比领导的现身更让人思考的东西吗？仔细看看报道，不仅有，而且很多：任青年躺在血泊中，围观的群众没有一个伸出援助之手，而是眼看着张市长抱着青年，然后自己卖力地鼓掌，这种错位的冷漠和热情不值得我们深深地思考吗？出车祸后，司机赶紧拨打 110、120 报警，并到路中拦截出租车，欲将伤者紧急送往医院抢救，然而，在 10 多分钟的时间里一连拦了五六辆车，没有一辆车愿意停下来，这也不值得思考，没有报道价值吗？本应该成为一个开展全市市民素质讨论的好由头，却成为一篇

树立市长亲民形象的时政新闻,“三贴近”新闻是这么写的吗?

我相信,这位市长绝对不会授意媒体这么报道,这位市长的救人也不是表演,他只是在尽一个市民应有的责任,只是在做一件平常不过的事情,可是,我们的媒体却偏偏不把这位市长当做正常市长看,从中嗅到了特别的价值写出了一篇如此亲民如此爱民的好文章:市长的事都是大事,市民的事儿都是不值得成为新闻的小事。

切忌好大喜功 ◎ 尹雪珍

旧中国人愚昧、无知,是因为他们知识匮乏、思想狭隘。新中国人愚昧、无知,难道是他们知识匮乏、思想狭隘吗?其实不然,文章给了我们一个很好的答案。

新闻媒体的记者应该是知识分子的代表,每天都从各地给我们报道最新的消息,因此眼界开阔是毋庸质疑的。可是,由于社会的不良风气逐渐侵蚀他们正义的心灵,因此有些人变得愈加的愚昧和无知,令人痛心。其实,不仅他们受污染了,我们当中的大部分也被不同程度地污染着。正如文中所说的:“只要有领导出现,其他什么都变得不重要,遇车祸的人死不死并不重要,有没有人救助并不重要,见到领导就激动,一激动就要鼓掌,何况是一市之长,何况是救人的壮举!”从这句话可以看出“媚官心态”这种愚昧无知的风气已经深入中国国民文化骨髓,而且达到根深蒂固的程度。中国人喜欢报喜不报忧,喜欢阿谀奉承,做事不够实事求是,轻视自己的缺点。这一场平常的车祸,就是因为市长的参与而变得不平常,阿谀奉承的人们只报道市长的热心救人而忽视了车祸中人心冷漠的那一幕。我们扪心自问:这些错位的热情,对象选对了吗?

文章以“市长救人”这则报道作为论据,批判已经深入国民文化骨髓的“媚官心态”,讽刺人们落后的愚昧思想。文章的语言简洁有力,发人深省。

"堵住别人生路意味着断自己的退路","预算与计划都要留有余地"。

不留余地的狼

陈　仓

有一天,狼发现山脚下有个洞,各种动物由此通过。狼非常高兴,它想,守住山洞就可以捕获到各种猎物。于是,它堵上洞的另一端,单等动物们来送死。

第一天,来了一只羊。狼追上前去,羊拼命地逃。突然,羊找到一个可以逃生的小偏洞,从小洞仓皇逃窜。狼气急败坏地堵上这个小洞,心想,再也不会功败垂成了吧?

第二天,来了一只兔子。狼奋力追捕,结果,兔子从洞侧面的更小一点儿的洞口逃生。于是,狼把类似大小的洞全堵上。狼心想,这下万无一失,别说羊、兔子,就连鸡、鸭等小动物也都跑不了。

第三天,来了一只松鼠。狼飞奔过去,追得松鼠上蹿下跳。最终,松鼠从洞顶上的一个通道跑掉。狼非常气愤,于是,它堵塞了山洞里的所有窟窿,把整个山洞堵得水泄不通。狼对自己的措施非常得意。

第四天,来了一只老虎。狼吓坏了,拔腿就跑。老虎穷追不舍。狼在山洞里跑来跑去,由于没有出口,无法逃脱,最终,被老虎吃掉。

对这一案例,各界人士说法不一。

哲学家说：绝对化意味着谬误。

宗教家说：堵塞别人生路意味着断自己的退路。

环境学家说：破坏原生态及其平衡者必自食其果。

经济学家说：预算和计划都要留有余地。

军事家说：除非你是百兽之王，否则，别想占有整个森林。

法学家说：凡规则皆有例外，恶法非法。

农民说：不留种子就是绝种绝收。

在余地里播种收获 ◎陈 颖

作者用寓言的手法写了一只狼四天发生的故事——追捕羊、兔、松鼠的失败与被老虎追捕的经历。因为狼的不留余地导致自己被送入虎口，读后令人啼笑皆非。这狼真是“机关算尽太聪明，反害了卿卿性命”。

作者用富有哲理的思维方式，对这只狼的案例借不同人士的内在思维逻辑趋向，表达各种看法。故事虽短小，但是这只狼的不留余地，却能给人留下一个思考的余地。人们指责着狼的愚蠢与不明智，因为他们每一个人都在按照自己的方式，看待事物都奔赴一个自己认为有益的目标。

狼的遭遇，衍生了我们各界人士的思考，对人生，对环境，对计划等等。精辟的言论引人深思，耐人寻味。“堵住别人生路意味着断自己的退路”，“预算与计划都要留有余地”。

确实，我们每一个人在处世时，学会留有余地，为别人，也为自己，或许会有所收获。

大胜而归的人，往往容易迷失方向、迷失竞争的精神。

两只鸡吃掉一只狗

魏得胜

《读者》上有一则寓言，说几个孩子在玩一个叫做“生存”的卡片游戏，卡片上分别印着虎、狼、狗、羊、鸡、猎人等图案。三个孩子各拿一副，暗自出牌。规则是：虎能通吃，但两个猎人碰在一块可以打死一只老虎，一个猎人能打死一只狼，两只狼碰在一起可以吃掉一个猎人。当每个孩子手里的虎和狼都被消灭后，一只羊就能吃掉一只狗，甚至两只鸡也能吃掉一只狗。原因是，虎、狼没有了，狗没有什么可怕的了，它也就因此处在一种安逸和放松的享乐状态中。这一状态下的狗比羊弱，也比鸡弱。寓言嘛，当然有寓言的道理。人在这种状态下会怎么样呢？我来讲个和人有关的寓言。是寓言哦，千万别当真。

说一个皇帝在磕磕绊绊中与他的同龄大臣共事13年。这13年中，有几个位高权重的大臣，明着紧密地团结在皇帝周围，暗中却下手脚。皇宫嘛，自古至今，全都这么龌龊。这种斗争，使得皇帝基本上没有多少做天子的感觉，于是心有不快。怎么办呢？皇帝被迫拿出了杀手锏，他决定将同龄老臣一个个干掉。这个“干掉”不是捕杀，而是效仿赵匡胤杯酒释兵权，让同龄老臣们一边歇菜去。酝酿了几年，机遇终于来了，皇

帝在某一天一刀切地将所有同龄大臣统统废除，让他们一边凉快去了。清除了心腹大患，皇帝换了一帮毫无资历的鼠辈给他做朝中大臣。在皇帝面前，这些鼠辈大臣个个奴颜婢膝，毕恭毕敬，低眉顺眼，唯唯诺诺。皇帝终于可以高枕无忧了，因为在他看来，驾驭这么一群鼠辈，简直就像闹着玩一样。

然而，皇帝高枕无忧的日子只过了一年多，他的天突然就塌下来了。这一天，鼠辈们对老皇帝说："你老了，也该歇着了。不歇也成，反正我们拥立了新的皇帝，没人听你的了，你还算什么皇帝？"老皇帝一看大势已去，便无奈地同意了。老皇帝从来没想到自己会摔得这么惨，他这才回头想起，看看自己输在什么地方。哪里不对呢？他爷爷即老老皇帝是虎，他爹即老皇帝是狼，到他这代皇帝就算是狗，再到他儿子这一辈是当然的鼠。狗皇帝做梦都没想到，自己还没死，就被儿子这个鼠皇帝赶下了台。想来想去，狗皇帝明白过来了，这都是他赶走狗大臣(即他的同龄大臣) 的结果。虽说狗拿耗子多管闲事，但有了这些狗大臣在，皇宫里的鼠患也不至于成灾。狗大臣们是常常跟他过不去，但恰恰有了这些强有力的掣肘，他才从不敢放松，也因此在皇帝的位置上坐得比较安稳。然而，自从狗大臣们被他统统释职后，他就预感到鼠辈的兴风作浪。这时他就是想重新启用狗大臣都晚了。其时，皇宫里唯一的一只老狗——狗皇帝也就成了真正的孤家寡人了，一任鼠辈对他的权杖进行啃噬。而那些被狗皇帝赶走的狗大臣，则坐在一边看热闹，个个希望这只心狠毒辣的狗皇帝摔得疼疼的，甚至希望——摔死这只不念旧情的老狗才好。

狗皇帝唯一可以总结和后悔的是，他不该打破权力平衡，权力上，清除最大对手，无异于自取灭亡。

拥有强有力的对手，是一个人、一个政体、一个集团健康存活下去的基本条件。灭绝了你强有力的对手，那么你离灭亡的日子也就不远了。古希腊的伊庇鲁斯王曾说过："又是大胜而归，真让我迷失。"什么意思呢？

就是大胜而归的人,往往容易迷失方向,迷失竞争的精神。人到了这个时候,天不亡你,你自己都会把自己干掉。

让理性做主,保持竞争态势 ◎ 许妍敏

人,是一种既有感性又有理性的动物。

当一个人在强敌面前,绝对是理性的,因为稍一疏忽,就有可能万劫不复。

当一个人打败了这个强敌之后,理性就让位给感性了,因为对手给予的威胁有多大,胜利之后带来的满足感就有多大——既然能战胜这么强大的对手,那以后就是无往而不利,可以高枕无忧,可以享受生命了。

安逸,就在自满中渐渐把人的斗志软化了,把人的危机感隐藏了。

应当知道,最舒坦的时刻往往就是最易滋生危险的时刻。当人满足于现状,沉醉于既有的功绩,其理性就再不会考虑到四周的渐变,其感性会故意忽略某些明显的征兆,只是一味地在自满、历史中追忆曾经的强大。当量变转化到质变,一切都晚了。

人的理性与感性体现在安危问题上就是:人们总是喜安厌危、居安乐安。"居安乐安"是人性的本然要求,而"居安思危"却不是。

假如没有对手了,或者对手不够强大,不足以迫使人的感性让位于理性,不足以使人产生危机感,而日渐松懈,破绽百出,极易被人乘虚而入。那么几只老鼠能吃掉一只狗,两只鸡自然也能吃掉一只狗了。没有理性,不思进取的人,最容易被自己干掉。

假如有个强大的对手时刻在提醒着:现在的安定只是暂时的。那么,人的感性即使再不愿意承认危机的存在,其理性也会迫使人做出相应的行为,毕竟,人永远在追求生存环境的和谐安稳。更理性的人,就会寻找能够让自己居安思危的对手,而不会丧失竞争的精神。

正如草原上的马背民族，视狼而非自己的马为本民族兴旺发达的“图腾”。因为勇猛顽强、狡黠坚韧的狼虽对自己的生存构成了一定威胁，但从长远看，却使整个民族在与“狼”共舞中得到了更强劲的磨砺和锻炼。

随着年龄的“节节上升”，美丽的初衷都随风而逝。

我们是这样退化的

夏　菲

有足够的理由相信，每个小孩出生的时候都是智力超群、想象力丰富、身体强壮的优良儿童。随着他们一天天地长大，他们的智商便会随着那些愚蠢的知识而变得低下，他们的想象力也会随着人为的约束而变得平庸，他们的身体因各种过剩的养分而变得虚弱。

一个孩子在3岁的时候可以讲出各种美丽的童话，他认为任何东西都是有生命的，他可以跟动物交流情感；

一个25岁的成年人早已不相信童话了，他认为除了自己，任何东西都是没有生命的。动物除了做宠物，就是用来食用。

一个3岁的孩子最信赖的人，是最亲近自己，最爱自己的人；

一个25岁人最信赖的，是能够提拔自己，给自己带来权力和荣耀的人。

一个3岁的孩子会爱上美丽善良的白雪公主，厌恶邪恶的王后；

一个25岁的人认为：在白雪公主和王后之间，善良和邪恶不是最重要的，重要的是谁对自己的前途更有好处。

一个3岁的孩子最喜欢的书是《童话大全》，还喜欢星星和月亮，这些有着美丽幻想的故事和遥远的星空；

一个25岁的成年人最喜欢的书是《投资指南》、《一夜暴富的秘密》，最喜欢的东西是宝马汽车，这些象征着财富的东西。

一个3岁的孩子的理想可能是做一个会造玩具手枪的人，会飞到太空的人；

一个25岁的成年人的理想是，不管做什么都无所谓，只要是个有钱人就好。

一个3岁的孩子认为：绝不可以讲假话，否则，鼻子就会变得很长；

一个25岁的成年人会想：什么是真话？任何时候讲的都是需要讲的话。

一个3岁的孩子只穿那件带着抱抱熊图案的衣服就很好了；

一个25岁的成年人，对穿任何衣服早已失去了自己的主张，不管穿什么，只要是名牌就好。

一个3岁的孩子可以在大热天奔跑在草地上，可以在冬天玩冰凉的水，只要他的监护人不反对；

一个25岁的成年人只要有可能，夏天一定呆在空调房，冬天一定戴手套。

我们不知道，是什么将我们变得这么平庸和乏味；我们的年龄越来越大，理想越来越小；规则越来越多，空间越来越少；电脑越来越多，人脑越来越少。

这就是我们退化的原因？

置身浊流，该当如何 ◎梁 翠

时下的社会风气，就像一朵凋谢的兰花。残留着的不是余香，而是那浊气深重的沧桑。很多涉及社会风气的文章，都是用袖手旁观的超然态度，语气都比较诙谐、冷峻、泼辣，或者失于尖锐刻薄，夏菲女士的这篇《我们是这样退化的》却与众不同，把自己融入其中，以社会为己任，用的是一种比较婉转的手法，就如一位害羞的女孩子在含蓄地表达爱意，另有一种动人的韵味。

文章开头以“有足够的理由相信”与首段结尾的“他们的智商便会随着那些愚蠢的知识而变得低下，他们的想象力也会随着人为的约束而变得平庸，他们的身体因各种过剩的养分而变得虚弱”来吸引读者的注意。这不由得令人产生一种质疑：足够的理由在哪里？那些愚蠢的知识是什么？什么样的人为约束？身体怎会有过剩的养分？带着这些问题，我们直击下文，想看看作者给了我们什么样的答案。但作者没有直接告诉我们，而是以一个3岁的孩子与一个25岁的成年人作比较，从他们不同的思维和行为方式，启迪读者慢慢体会。无论什么情形，在一个3岁孩子的世界里都纯真得容不下半点杂质，他们可以纯粹地根据自己的爱好，自由自在地在属于自己的舞台上尽情起舞。而在一个25岁的成年人的世界里，似乎遍地都是“杂质”：金钱、荣誉、享受……他们不会一个人在没有灯光的舞台上跳属于自己喜欢的那支舞，即使心中在千万遍地呐喊，他也绝不会，因为他要的不是生活本身，他在乎别人的看法。就这样，作者运用具体的比较，来启迪读者的心智，收到了意想不到的效果。

随着年龄的“节节上升”，美丽的初衷都随风而逝。怪不得作者说：“我们的年龄越来越大，理想越来越小；规则越来越多，空间越来越少；电脑越来越多，人脑越来越少。”生活在变，科技越来越发达，而我们人却逐渐朝着丑恶、虚伪的一端退化。是什么使我们变成了这样？哦，是那腐朽的社会风气、腐朽的思想在我们的灵魂中注入了点点滴滴的肮脏东西；是贪婪，永无止境的贪婪，无情地侵蚀着我们的灵魂，使我们随着社会的浊流逐步退化了。

置身浊流，我们该当如何？

法律是治理国家的有力武器，是保障人民群众正常生活秩序的正义之盾，容不得任何人玩弄和践踏。

申冤得靠好运气

梅桑榆

我无论看报或上网，遇到冤案在申诉或已平反的报道，均要仔细一读。每读此类报道，总不免为蒙冤者愤愤不平，这些无辜的人在被冤案制造者定以种种罪名之前，无不受到非人的折磨。有些人遭受种种酷刑之后，即使蒙冤者本人或其亲属申诉多年，几经周折，冤案幸而得以平反，也落下了终身的残疾。这类报道读得多了，就从中发现一条规律来，那就是申冤得靠好运气。

好运之一是遇到了有正义感的记者。蒙冤者四处投书，八方上诉，申冤无果，于走投无路之际投书报社，一家报社无回音，再投一家，结果终于遇一有血性的记者挺身而出，冲破重重阻力，采访蒙冤者或亲属，然后将其冤情披露报端，冤案曝光之后，引起地方重视，经张某长批示、李某长责令，有关部门组织人员，进行调查，沉冤这才得伸。

好运之二是遇到了有责任感的人大代表。蒙冤者四处投书，八方上诉，申冤无果，于是投书于人大或直接寄给人大代表，这级人大不管，再寄给上一级，结果终于遇一有责任感的人大代表，为其仗义执言，一个人的声音微弱，便联名为其呼吁，要求司法部门重新审理此案，并将其冤情呈报上级人大领导批阅，对有关部门形成一种不小的压力，冤案始得昭雪。

好运之三是案情惊动了某位首长。蒙冤者四处投书，均石沉大海，后来有一份申诉书幸运地到达某首长的办公桌上。该首长可能是一省一市的最高长官，也可能是中央某部门的领导，首长看罢申诉书，拍案而起，责令有关部门认真处理，甚至限时上报处理结果。首长这一拍案非同小可，首长以下各级领导的办公桌都被震动，硬是顶着不办的人不敢再顶，硬是拖着不办的人不敢再拖，于是冤案终于得到平反。

我发现这一冤案得以平反的规律之后，心中不禁生出一种无名的恐惧感来。法律到了某些执法者手中，居然完全失去了公正，成了任其捏弄的泥团，或者成为其达到某种目的的工具。他们可以根据自己的主观臆断或某种需要随意给无辜者定罪。这些人或是由于没有弄清案情真相而草下定论，或是由于先入之见而无视证据随意诬人清白，或是由于受人指使、得人钱财而加罪于无辜，而且不管由于何种原因，只要下达了判决书，就成了铁案，哪怕明明是桩冤案，要想平反，也是难上加难。他们可以利用手中那一丁点权力，为了维护自己的所谓声誉，掩盖自己判案时所犯的错误或是某种险恶动机（比如为了掩盖行贿者一方的罪行），而千方百计维持原判，致使蒙冤者或其亲属为了申冤，奔走多年，历尽艰辛，有的倾家荡产，有的甚至妻离子散，家破人亡。

我不禁自问：有上述好运，能遇到一位有正义感的记者，遇到有责任感的人大代表，遇到一位拍案而起的首长为其伸张正义、主持公道的蒙冤者，究竟能有几人？而没有如此好运，沉冤一直不得昭雪的又有多少人？想到此我不禁心中发冷：假如我这个小草民有朝一日蒙受了不白之冤，恐怕我很难有这样的好运。

几十年来，制造冤案者很少受到法律的制裁，这恐怕是一些执法者敢于肆无忌惮地践踏法律，大搞刑讯逼供、随意定罪、草菅人命的主要原因！

申冤，一个沉重的社会难题 ◎ 梁建兰

最起码的人身权利要有保障，人才能活得下去。有冤要伸，这是民生的基本要求，毫无过分之处。如果在一个国家中生活，有了冤情无处诉，国家执法机关形同虚设，申冤“得靠有好运气”才行，那么，这样的民生也太凄惨了，这样的国家也就殆危了。

作者根据报道的一些冤案，概括出一个结论：申冤得靠好运气。好运气有几种情况：第一是遇到有正义感的记者，其二是遇到有责任感的人大代表，其三是某案件感动某位长官。申冤者如果遇到这几种运气，冤案始得昭雪，不过，他们没有遇到这几种好运气之前，却要付出惨重的代价，陷进万分悲惨的困境之中，甚至没有了透气的余地。民生之苦，代代如此，为什么在新时代也不能逃脱这个宿命？这是一个沉重的社会问题。这样的问题，本身便极有吸引力，作者再条理分明地分析出来，更显得文章尖锐有力、引人注目了。

我们不禁要对那些腐败枉法、良知泯灭的昏官感到愤恨，对他们恨之入骨。如果申冤者没有这几种好运气，那么他们就永远栽在这些戴着假面具上台判案的狗官手中了。但转念一想，之所以有这些千夫所指、人人唾弃的狗官，可能还得检查我们自身。我们的社会制度存在漏洞，才会导致狗官的出现。我们的法律，我们的司法制度，不尽如人意的地方多着呢。一些执法者敢于肆无忌惮地践踏法律，草菅人命，这本身就说明了问题。所以，完善法规，严肃法纪，这是解决问题的基础。法律是治理国家的有力武器，是保障人民群众正常生活秩序的正义之盾，容不得任何人玩弄和践踏。希望执法者能够依法办事，光明磊落，敢于伸张正义，敢于为蒙冤者申冤。

这是一份声泪俱下的控诉书。一个社会，到了正义无处藏身，草民有冤无处申、有苦无处诉的时候，也就差不多到头了。但我始终相信，冤有头，债有主，终有一天会水落石出，恶有恶报，善有善报。那些心狠手辣、不择手段嫁祸于别人的人，定会受到严惩。

人，难道真的无处可逃，只能躲进深山老林或海底冰川、宇宙天界了？

无处可逃

邱红波

我怀疑自己是否该继续住在城里。

这样的怀疑，先是源于我那提心吊胆的嘴，在享受越来越多加工食品的同时，它也在越来越多地实证着“病从口入”的法则，毛发制的酱油、墨汁染的木耳，或是被瘟疫侵袭又被油饰一番的美味烤鸡，这些，都是放在货架上任人挑选的进口物。听闻过屡屡发生的伪劣食品事件后，我的嘴，开始对吃进去的每一口都抱有怀疑和批判的态度，它甚至想宣布拒绝进食。

紧接着，我的鼻子和肺联合提起抗议，它们认为自己遭到了不公正的待遇——事实也的确如此，就那么点从乡村溢来的新鲜氧气，经过浮尘的感染，经过汽车的排泄，再“偶尔”加点从工厂泄露出来的有毒成分，就形成了带有城市印戳的劣等气体。鼻子说：“我和我城里的同胞们，就在如此糟糕的环境里共呼吸。”

我一向沉默的耳朵居然也开始控诉，它泣不成声地说，白天，逃过了汽车喇叭的追杀，忍受了工地上的嘈杂以及老板无尽的唠叨后，刚疲惫地回家，就听见楼上的看门狗和着卡拉 OK 在唱歌。“最不可思议的是，我在崩溃前，发现你的妹夫正准备调试音响。”耳朵对我愤怒地说。

在眼睛瞪得像铜铃之前，我试着主动去体谅它，因为我害怕自己的面部集体叛变。我开诚布公地说：“我知道你的苦楚，霓虹灯和招牌折磨你，拥挤的人头欺负你，越来越花哨的广告玩弄你，你一天只敢闭目7小时，这些我都知道。”

就连最矜持的躯体也开始提醒我，它说：“为什么不去乡下试试呢？那里没有电磁波、没有压力和喧嚣，没有看不完的人头和广告，那里是天堂。”

我谨慎地接纳了躯体的建议，到乡下朋友的住处去考察了几天。

“那里很美，有清脆的鸟叫，有清流的小溪，有赏不完的绿。”我对无比欣喜的身体各部位说：“但我不能去，因为我看见了一些事，我看见了农民感伤的眼，我看见了不为民的村吏，我的所有部位都很舒服，除了心。”

为了避免心的痛苦，我发誓要住在城里，虽然带着些无处可逃的绝望。

人类醒醒吧 ◎ 周雪桃

作为21世纪的新新人类，你想居住在城市还是农村？你肯定会回答：那还用问，当然是城市啦！可作者却以亲身经历来告诉我们，城市、农村都不是理想的居住之地，这是为什么？

首先，作者用拟人化的手法，让嘴巴、鼻子、肺、耳朵、眼睛等各自

出来说话，表明城市并非人们想象中的那样优美。假冒伪劣的商品，日趋恶化的环境，虚伪造作的人情……城市“沙漠化”让人无法忍受。那就到农村去吧。但是，农村的情况更糟：一双双悲伤的眼睛在控诉着世道的不平。这里的自然环境或许真的比城市纯净一些，但政治文化方面的环境又令人痛心！人，难道真的无处可逃，只能躲进深山老林或海底冰川、宇宙天界了？有的，而且我们存身的最佳去处就在地球，只不过要我们一起努力共建——城市的污染、农村的不平，这些其实都可以避免的。

此文构思奇巧，拟人手法让文章生动了起来，城乡的对比又拓展了文章的深度。以抒写切身感受的方式行文，让读者读来感同身受，更容易认同作者的观点。文章用语并不激烈，但字里行间自有一种震慑的力量，对恶劣环境的厌恶，对社会不平的痛心，对国计民生的关心，都得到了淋漓尽致的表现，读来只觉畅快无比。它仿佛在张口喊呼：人类，为了你们自己，醒醒吧！

那些为了一己私利，不惜置百姓于水火之中的腐败分子，有时甚至敢草菅人命，飞扬跋扈到这种地步，当真人神共愤。

应尝试“假定腐败”

王海波

骇人听闻的山西繁峙矿难在过去了很久之后，又传来了令人发指的

惊人内幕：矿难发生后，时任繁峙县长的王彦平不是认真调查矿难原因，而是急于找到矿主退还此前收受的20万元钱。随后，拿到县长“退款”的矿主在当地政府负责人、公安人员的“眼皮底下”逃之夭夭。

应该说，这是一个迟到了的报道，也是一个迟到了的战绩。为什么呢？因为繁峙矿难的消息一传出，明明是37名矿工遇难身亡，矿主竟连夜将遇难矿工的遗体进行掩埋、焚烧，并以每人1300元遣散知情矿工，要求他们“拿钱走人”，不许见尸体。而繁峙县政府据此向上报告“死2人，伤4人”。当时就有人一针见血地断言：背后必有严重的腐败问题，应该严查当地的领导者。但是，由于一时不能抓到矿主，不能掌握直接证据，所以只能眼睁睁地看着王彦平的“保护伞”们继续撒谎，欺骗世人。由此，我们痛定思痛之余，实在是有必要探索出一条“假定腐败”的反腐败之路。

假定腐败，据报道是美国行之有效的一个反腐败办法，具体做法是：在没有任何证据之前，反腐工作者就假定某人有腐败行为，派遣专人去“拉他（她）下水”，如果那人中了圈套，即便以前没有过腐败行为，也算是腐败分子，要受到惩罚。当然，我们没有必要完全学习美国的“阴谋诡计”。但是，在一些重大的恶性事件面前，一开始就假定有腐败存在其中，从而加大对事件的处理力度，既解决了问题本身又取得了反腐败战

绩,难道不是一举两得的好事吗?

其实,实践已经反复地告诉了我们,好多的重大恶性事件背后,真的就有严重的腐败行为存在。重大恶性事件容易牵出腐败分子,腐败分子也助长了重大恶性事件的肇事者的气焰,使其更加有恃无恐,为所欲为。因此,当重大恶性事件发生之时,马上假定有腐败行为掺杂其中,由纪检、监察部门对某些人实行“双规”,不能不说是“一箭双雕”之计。

“保护伞”者,何许人也?

◎ 黄嗣然

政府官员腐败的现象,近几年是愈演愈烈了。被揭露出来,能够得上“新闻”档次,由众多媒体报道的已是屡见不鲜,那些深藏不露的或“未够格”报道的自然更加数不胜数。随着我们政府反腐败工作力度的加大,那些腐败分子也是越来越狡猾,犯罪手段也越来越高明。很明显,如果不改进反腐败工作的方法,是无法有效遏制这些违法乱纪行为的。反腐工作应重两头:一是“反”,一是“防”。不管从哪一点来说,此文提倡的“假定腐败”都不失为一种好办法。如果真的实行这一套,最起码,那些腐败分子是不敢这么明目张胆的。

那些为了一己私利,不惜置百姓于水火之中的腐败分子,有时甚至敢草菅人命,飞扬跋扈到这种地步,当真人神共愤。难道百姓的命真的那么贱吗,任你贪官用来做升官发财的垫脚石?这种现象,不反不足以警世人;这些贪官,不严办不足以泄民愤!当官的应以广大人民的利益为先,一切取之于民、用之于民。但贪官不是这样想的。那个繁峙县县长就是这样,他的渎职、他的贪污、他的“保护”,导致犯罪分子越来越猖狂,并且逃脱了法律的制裁。这样的贪官,早就该被严查严办了。

此文一针见血,快人快语,痛快淋漓,又让人痛心疾首。所提出的反腐办法,真是痛快,管你清官贪官,先查再说。对于目前的中国来说,恐怕敢坦然面对这一做法的官员,当真没有几个!

文章立意深刻，联想丰富，巧妙地以一个虚构故事说出了迷信活动的回潮并有变本加厉的趋势，从侧面反映出作者对没人治理这一现象的担忧。

二诸葛状告赵树理

刘 金

二诸葛刘修德，自从50多年前被赵树理作为封建迷信的典型写进《小二黑结婚》后，很被乡亲们笑话，从此蔫头耷脑地过了半辈子。所幸如今虽年过90，身子骨依然硬朗。

近几年，二诸葛耳闻目睹，那些算命、看相、择吉、排八字等迷信行当，又时兴起来，甚至变本加厉，比他当年有过之而无不及，心理不免失去平衡。近日，又闻说阳谷县庄一株大杨树，忽然成了树神，四邻八乡，来朝拜祈福的人，每天不下百人，还有晚上开小车来的“公家人”！听说，那株杨树的主人，村里每年给740元，他还不满足，硬要每天给他20元。二诸葛听在耳里，热在心里，真想重操旧业，日常给乡亲们择个吉日，排个八字，讨个“签经”，得点小酬劳。怕只怕，又来个作家，把他拿去再做一回封建迷信的典型，那就太没趣了。

这天，在县城做着什么“食府”总经理的孙子（就是小二黑与小芹的儿子）回家来，一进门就冲着二诸葛说：“爷爷！您老那个‘不宜栽种’的流毒，到今没有肃清，反倒越流越深了。那个劳什子的《宜忌日历》，如今

在大城里满天飞，许多人都把它奉为金科玉律，照此行事，不敢有违。最叫人头痛的是好些个‘诸事不宜’的日子，不仅没人来办喜庆宴席，连平常吃喝也不上‘食府’了。这个迷信啊，真把我们餐饮业搞苦了！”二诸葛立即反弹过去：“嫌人家迷信！你自己呢？你那个‘食府’大堂上，不就供着一个大大的财神爷吗？”孙子尴尬地笑笑，说：“那是……如今兴这个呀。如今店堂里，谁不供个财神爷呢？”二诸葛得意地笑了：“可不是？《宜忌日历》，也是大家都信嘛！听说那还是‘海外引进’的。这可是数典忘祖，你爷爷那时的老皇历，一年 360 天，不都详细写着宜什么、忌什么，或诸事不宜、万事大吉么？何用向海外引进！”孙子说：“不过，您那老皇历，一定没有‘宜购黄金日’。”

这天晚上，二诸葛睡不着了。当年被赵作家写进小说，做了封建迷信的典型，他越想越觉得冤。换了今天，再怎么也轮不到拿他做典型呀！如今，虽说共产党、人民政府是反对封建迷信的，建设精神文明嘛！可是，算命、看相、看风水的、占卜的书，一大套一大套地出，源源不断地出，你争我抢地出，有谁管过？如今搞迷信活动的，不仅有老百姓，还有“公家人”，又有谁管过？我一个平民百姓，当年看看皇历，择个日子，排个八字，有什么要紧？凭什么拿我作典型？想之再三，二诸葛打定主意，决定给法院递个诉状，要求给他平反昭雪，恢复名誉。

第二天，二诸葛整整花了一天时间，写成一份诉状，录之如下：

“为诉请平反昭雪、恢复名誉事。诉状人刘修德，人称二诸葛。早年无师自通，颇晓命理，尤善择吉选时。不虞 54 年前被著名作家赵树理选做为典型，写入《小二黑结婚》，特别把我‘不宜栽种’的隐私大事张扬，惹得天下人笑话我，致令我郁郁不欢，54 年于今。自从开放以来，思想大为活跃，择吉选时之重要，已得社会广泛认同。无论公私企业开张，皆须择吉良辰。前些年以逢八为吉日。最近，又从‘海外引进’《宜忌日历》（修德谨按：此日历实系剽窃修德当年所本之老皇历，仅窜入‘宜购黄金日’一项而成），是否开张吉日，悉依此日历所载而定。由是观之，修德当年择吉栽种，有何过错？被选作封建迷信典型，其冤明矣！为此，特请法院判令赵树理先生为修德平反昭雪并登报道歉。谨诉。”

据说，法院接到二诸葛诉状后，认为所诉句句是实，但不属于民事诉讼范围，已将诉状移转有关方面酌情处理云。

警惕封建迷信流毒死灰复燃 ◎林 娥

联想丰富的作者刘金把《小二黑结婚》里的迷信人物二诸葛“套”出，放到20世纪末，让人们看到了一幕新时代下的不正常社会现象——迷信，且有愈演愈烈之势。

封建迷信流毒危害之大，经过了这么多年的批判，人们早已了然于心，照理说，这种落后的东西是不应该再在神州大地谬种流传的。然而，事实上，现在这种现象是越来越多，越来越普遍了。小到红白择日，大至官员上任，政府大楼因“风水”问题改建……当真是乱哄哄一团糟。封建迷信为何死灰复燃，甚至一些党和政府的干部都严重迷信？个中原因可能大家心中都清楚：心中有鬼啊！也怪不得“二诸葛”喊冤，如今社会上，比他“典型”的多着呢！此文借“二诸葛”叫屈告状的过程，揭示了社会深层意识形态的问题，辛辣而又显得委婉。

当年自知落后的“二诸葛”，到了今天竟敢状告赵树理，当真是奇事！但读了此文，我们自然觉得“二诸葛”并非无理取闹。单看他写的那份诉状，就可以略知一二（修德谨按：此日历实系剽窃修德当年所本之皇历，仅窜入‘宜购黄金日’一项而成），这就表明如今“回潮”的迷信活动仍在延续，并且一直以来都没断过。

何以见得？“此日历实系剽窃”当年“皇历”而来，经过加工成了新日历，并加上“宜购黄金日”，实质是比以前更多了花样，比起当年的“二诸葛”乃是有过之而无不及，实属变本加厉。“所诉句句是实”更令人担忧这股“迷信潮”为害甚大。

此篇杂文立意深刻，联想丰富，巧妙地以一个虚构故事说出了迷信活动的回潮并有变本加厉的趋势，从侧面反映出作者对没人治理这一现象的担忧，有着较强的讽刺、批判意味。

Part Tour 暗中曙光

在多数的黑夜里，那一丝亮光总是远在我们的前方——它暗示着希望是人生中最好的前进动力。在无数的奔波与追求的旅途中，它一直鼓励着我们前行。

猪能勇敢地选择自己的生活，它很快乐。你呢？何不走自己的路，让别人说去？

一只特立独行的猪

王小波

插队的时候，我喂过猪、也放过牛。假如没有人来管，这两种动物也完全知道该怎样生活。它们会自由自在地闲逛，饥则食渴则饮，春天来临时还要谈谈爱情；这样一来，它们的生活层次很低，完全乏善可陈。人来了以后，给它们的生活做出了安排：每一头牛和每一口猪的生活都有了主题。就它们中的大多数而言，这种生活主题是很悲惨的：前者的主题是干活，后者的主题是长肉。我不认为这有什么可抱怨的，因为我当时的生活也不见得丰富了多少，除了八个样板戏，也没有什么消遣。有极少数的猪和牛，它们的生活另有安排。以猪为例，种猪和母猪除了吃，还有别的事可干。就我所见，它们对这些安排也不大喜欢。种猪的任务是交配，换言之，我们的政策准许它当个花花公子。但是疲惫的种猪往往摆出一种肉猪（肉猪是阉过的）才有的正人君子架势，死活不肯跳到母猪背上去。母猪的任务是生崽儿，但有些母猪却要把猪崽儿吃掉。总的来说，人的安排使猪痛苦不堪。但它们还是接受了：猪总是猪啊。

对生活做种种设置是人特有的品性。不光是设置动物，也设置自己。我们知道，在古希腊有个斯巴达，那里的生活被设置地了无生趣，其目的就是要使男人成为亡命战士，使女人成为生育机器，前者像些斗鸡，后者像些母猪。这两类动物是很特别的，但我以为，它们肯定不喜欢自己的生活。但不喜欢又能怎么样？人也好，动物也罢，都很难改变自己的命运。

以下谈到的一只猪有些与众不同。我喂猪时，它已经有四五岁了，从名分上说，它是肉猪，但长得又黑又瘦，两眼炯炯有光。这家伙像山羊一样敏捷，一米高的猪栏一跳就过；它还能跳上猪圈的房顶，这一点又像是猫——所以它总是到处游逛，根本就不在圈里呆着。所有喂过猪的知青都把它当宠儿来对待，它也是我的宠儿——因为它只对知青好，容许他们走到 3 米之内，要是别的人，它早就跑了。它是公的，原本该劁掉。不过你去试试看，哪怕你把劁猪刀藏在身后，它也能嗅出来，朝你瞪大眼睛，噢噢地吼起来。我总是用细米糠熬的粥喂它，等它吃够了以后，才把糠兑到野草里喂别的猪。其他猪看了嫉妒，一起嚷起来。这时候整个猪场一片鬼哭狼嚎，但我和它都不在乎。吃饱了以后，它就跳上房顶去晒太阳，或者模仿各种声音。它会学汽车响、拖拉机响，学得都很像；有时整天不见踪影，我估计它到附近的村寨里找母猪去了。我们这里也有母猪，但都关在圈里，被过度的生育搞得走了形，又脏又臭，它对它们不感兴趣；村寨里的母猪好看一些。它有很多精彩的事迹，但我喂猪的时间短，知道的有限，索性就不写了。总而言之，所有喂过猪的知青都喜欢它，喜欢它特立独行的派头儿，还说它活得潇洒。但老乡们就不这么浪漫，他们说，这猪不正经。领导则痛恨它，这一点以后还要谈到。我对它则不止是喜欢——我尊敬它，常常不顾自己虚长十几岁这一现实，把它叫做“猪兄”。如前所述，这位猪兄会模仿各种声音。我想它也学过人说话，但没有学会——假如学会了，我们就可以作倾心之谈。但这不能怪它。人和猪的音色差得太远了。

后来，猪兄学会了汽笛叫，这个本领给它招来了麻烦。我们那里有座糖厂，中午要鸣一次汽笛，让工人换班。我们队下地干活时，听见这次汽笛响就收工回来。我的猪兄每天上午 10 点钟总要跳到房顶上学汽笛，地

里的人听见它叫就回来——这可比糖厂鸣笛早了一个半小时。坦白地说，这不能全怪猪兄，它毕竟不是锅炉，叫起来和汽笛还有些区别，但老乡们却硬说听不出来。领导上因此开了一个会，把它定成了破坏春耕的坏分子，要对它采取专政手段——会议的精神我已经知道了，但我不为它担忧——因为假如专政是指绳索和杀猪刀的话，那是一点门都没有的。以前的领导也不是没试过，一百人也口不住它。狗也没用：猪兄跑起来像颗鱼雷，能把狗撞出一丈开外。谁知这回是动了真格的，指导员带了二十几个人，手拿五四式手枪；副指导员带了十几人，手持看青的火枪，分两路在猪场外的空地上兜捕它。这就使我陷入了内心的矛盾：按我和它的交情，我该舞起两把杀猪刀冲出去，和它并肩战斗，但我又觉得这样做太过惊世骇俗——它毕竟是只猪啊；还有一个理由，我不敢对抗领导，我怀疑这才是问题之所在。总之，我在一边看着。猪兄的镇定使我佩服之极：它很冷静地躲在手枪和火枪的连线之内，任凭人喊狗咬，不离那条线。这样，拿手枪的人开火就会把拿火枪的打死，反之亦然；两头同时开火，两头都会被打死。至于它，因为目标小，多半没事。就这样连兜了几个圈子，它找到了一个空子，一头撞出去了，跑得潇洒至极。以后我在甘蔗地里还见过它一次，它长出了獠牙，还认识我，但已不容我走近了。这种冷淡使我痛心，但我也赞成它对心怀叵测的人保持距离。

我已经 40 岁了，除了这只猪，还没见过谁敢于如此无视人类对生活的设置。相反，我倒见过很多想要设置别人生活的人，还有对被设置的生活安之若素的人。因为这个缘故，我一直怀念这只特立独行的猪。

走自己的路，让别人说去 ◎ 尹雪珍

有人曾用一个“网”字把生活的原貌哲理性地表现出来。生活是一张网，错综复杂，相互交织着。人们喜欢对生活进行设置，把网上属于自己

的区域设置好，安定地生活，不敢挑战世俗。这样的生活无疑枯燥无味。但又有谁敢跳出这个区域，做回原来的自己呢？动物也一样，唯独它，一只特立独行的猪，敢于走自己的路。

人们都向往自由、不受约束的生活。“人也好，动物也罢，都难改变自己的命运。”现实中，有太多东西束缚着我们。孩子一出生，家长就开始为其设置好将来要走的路。什么都为孩子安排好，孩子一直在别人的设置中生活着。这样生活不累吗？但这不就是大多数人的真实写照吗？不想逃脱吗？当然不是，可太个性化，人们就会用异样的眼光看待你，排斥你。正如文中的那只有个性的猪那样，世俗容不下它，于是想杀死它。但它没有屈服，它不想过被人类安置的生活，勇敢地逃了出去，过上自己喜欢的生活。

本文语言风趣幽默，幽默中带有讽刺，读罢使人不禁开怀一笑，而笑中又会带点苦涩，。另外，作者把自己在插队时的见闻以及感悟用夹叙夹议的方法向读者展示出来，从而针砭时弊，给我们敲响了警钟。

大自然已不再美丽纯洁，就连昆虫也在呜咽。

丑　虫

刘心武

瑞士有位叫康妮娅的女士，从青年时代起就有个特殊爱好——画昆虫。她捉到昆虫后，先将其固定，然后用放大镜甚至显微镜仔细观察分析。然后对之进行放大的水彩写生，一般都放大10倍以上。她画得非常认真，有时为了严格写实地呈现那昆虫的色彩和细绒毛，一幅画要每天8小时地画上一周才能最后完成。她的昆虫画看上去非常夺目，往往一瞥之间就令人永难忘怀。有人问她，如今摄影术那么发达，近年更有数码相机出现，再加上电脑技术，用新锐的手段来表现昆虫岂不是方便又精确吗？她的回答是，唯有像她那样从容地观察，而且在工笔手绘中透进感情，并丝丝缕缕地从心灵深处升出哲思，才能表达出昆虫的神奇。她说，大自然赋予了昆虫体现色彩与对称之美的使命，尤其是对称上的严格不苟，人类对之在惊叹之余，应产生出对和谐这一伦理境界的敬畏。那么，她这样画出的昆虫究竟算科学资料还是艺术作品呢？她反正不靠这个吃饭，所以任人褒贬。但有一回她画的一组瓢虫偶然让一位丝绸商看见了，眼睛顿时一亮，觉得真是非常美丽，就征得她同意，拿去印在丝绸制品上，结果大受欢迎，有位歌星还因为率先穿昆虫绸裁成的时装而走红。于是约她画美丽昆虫以做商品图案的人士接踵而至，康妮娅却都谢辞。人家就说你既然画了它们出来，搁着也是搁着，何不将那份诡奇的美丽与大家分享？康妮娅于是拿出一组作品给他们看，他们一看，全傻了！原来康妮娅画的全是丑虫，说丑，还不是某些昆虫自然的形态丑，而是病态的形状：残缺的翅膀、扭曲的触须、褪色的斑点、瞎眼睛、长瘤的身躯、水泡与疮疥……总之，对称被野蛮地打破，和谐不复呈现，令观者瞠目结舌，暗想这可真是位有怪癖的画虫者！

康妮娅并非一位有嗜痂之癖的怪人。开始，她偶然接触到怪样的病虫，出于怜惜，把那病体画了下来。后来她在旅游中发现，哪里的环境保护工作欠佳，哪里的昆虫数目就会减少，而苟活的昆虫里因受污染而病变的也就越多。这让她心里仿佛有个魔鬼爪子在抓挠。她决定以

自己微薄的力量，通过画丑虫，来向环境污染这个恶魔抗争。她自费去了世界上许多地方，包括1986年因核泄露而造成大灾难的切尔诺贝利，到达那里时，她未见昆虫，先看到因核辐射而变了形的树叶，她本来并不画植物，那一次忍不住先含泪画了病叶，后来她费了很大劲，才找到残存的一些昆虫，几乎都是些变态的丑虫。她把从各地搜集来的昆虫标本，带回到苏黎世家里，以大悲悯的情怀，将它们加以工笔描绘。她把同类的健康美虫与病态丑虫加以对比，令人们感到了触目惊心。她说，估计因环境污染造成灭绝的昆虫种类是个很大的数字，而且，患病变态的丑虫显然在把它们的病丑遗传给下一代。从昆虫的受害，也折射出人类在自己的环境污染中的险恶处境。

眼下人们虽然对康妮娅的昆虫画评价还有争议，但一些有识之士却已不再拘泥于概念，把“她的绘画究竟是科学资料还是艺术作品”的问题抛到一边，给予肯定、推荐，因此她的许多昆虫画已经被西方一些高级的展览活动接受，那些展览既有布置在科学博物馆的，也有布置在艺术博物馆的，许多人认为她的昆虫画是意蕴深厚的艺术品，也是警世的黄钟大吕，激赏赞叹。康妮娅对人们怎么评价她的劳动完全无所谓，她只希望能有更多的人从她的昆虫画里听到一种发自肺腑的呼唤，那就是：人类啊，善待自然、尊重和谐、拯救自身吧！

拯救自然　追求美好

◎ 符水德

人与自然如何和谐相处？随着人类生存环境的日趋恶化，这个问题已经显得日益重要了。很多有识之士都站出来振臂高呼要善待自然。这样的呼唤多了，逐渐有点口号化起来。此文独辟蹊径，举一个实例，写一件怪事，从一个新的视角启迪读者，显得别有一番风味。

文章记述了康妮娅女士画昆虫的奇怪举动，并由画昆虫到画“丑虫”。“丑虫”本来不“丑”，恰恰相反，它是美丽无比的——它的色彩与

对称之美令人惊艳，以至一位绸商把昆虫图案印在丝绸上时受到了人们的热烈欢迎，有位歌星甚至因率先穿有昆虫图案的时装而走红。但昆虫由极美变成了极丑，罪魁祸首是谁？作者极不情愿地指出，是人类自己。读者也不得不承认，是人类破坏了这种美，尽管这种承认也是极不情愿的。从极美到极丑，这一巨大的反差，使文章的主题顿时沉重起来。康妮娅女士说：大自然赋予了昆虫体现色彩与对称之美的使命，尤其是对称上的严格不苟，人类对之在惊叹之余，应产生出对和谐这一伦理境界的敬畏。这其实正是点题之笔。但是，现实中的我们又是怎样去“敬畏”的呢？是赶尽杀绝、斩草除根！人类是聪明的，因为我们总在想方设法战胜大自然，并且战绩辉煌；但人类又是糊涂的，当人类在无休止地掠夺、扭曲自然的同时，自然也在加倍地报复我们这种浅薄而空虚的骄傲。试想一想：此文昆虫的患病变态，会给我们怎样的启发？我们都忘了，人类与昆虫都是生物链的重要一员，任一受损都会牵连全局。昆虫的变“丑”，折射出了人类在自己的环境污染中的险恶处境。昆虫的今天，很可能就是人类的明天啊！我记得一位作家说过：能人都死在能耐上。人类以科学自喜，以进步自诩，但如果是这样的“科学”，可能不久人类就得毁在它的手上。

大自然已不再美丽纯洁，就连昆虫也在呜咽。聪明的人们，睁大眼睛看看吧，请将你的悲戚、你的善良，奉献给你的“朋友”。醒醒吧！让我们手牵手拯救自身，让康妮娅画的昆虫不再“丑”！

文章行文轻快自然、独具匠心，但轻快之余，读者自然感到一种沉重。这是因为它的主题。以轻驭重，以重驾轻，使文章显得魅力非凡。正是在这流水般的行文与读后沉重反思的巨大落差中，人们记住了康妮娅，记住了丑虫，记住了此文的启示。

本文的优点在于把道理寓于事实之中，用具体的形象代替抽象的说理，使读者更能愉快地接受作者的观点。从这一点上说，此文不失为一个成功的范例。

对于任何一个问题，每个人都允许有不同的见解，艺术更应该有广阔的生存空间。

洗苹果的艺术

乔新生

如果您把苹果扔到水里洗一洗，然后放在嘴里吃掉，我告诉您，这不是艺术。如果我把 10 吨苹果倒进池子里，您别认为我在加工苹果，准备销售，这是艺术！这种艺术叫《洗苹果的行为艺术》。如果苹果烂掉，我看可以叫《烂苹果的行为艺术》或叫《烂苹果气味的艺术》。在深圳第四届当代艺术展中，就出现了这样的艺术。可是居然有人不能欣赏这类艺术，说什么浪费，并叫嚷："浪费就等于犯罪。艺术家为什么不把自己种的苹果扔到水里去呢？"

这确实不是艺术性的评论。用某些艺术家的话说，这种人"特农民"。其实，并不是只有农民才会用这种眼光欣赏艺术。这就产生一个问题：从吃苹果到玩苹果，苹果没有变，但人们对苹果的认识发生了变化。这种变化究竟是时代的进步还是时代的倒退？这确实是需要人们认真思考的问题。

艺术家的创作原料是苹果，这些苹果可能是艺术家买来的，也可能是别人的捐献，但所有权已经归艺术家了。这就是说，尽管苹果不是艺术家种的（苹果无法"种"，苹果树倒是可以"种"，不过艺术家可能没有时间"种"），但是，艺术家有权支配这些苹果，他可以吃掉，也可以送

人，当然还可以当做艺术的原料，倒进池子里，让其烂掉，即使观众不欣赏这件作品，也不能强求艺术家亲自种苹果。这句评论所隐含的基本假定是，如果是自己生产的东西，可以任意地糟蹋，如果是别人生产的产品，使用起来就应当小心，不要浪费。这实际上是忽视了所有权的基本概念。在市场经济条件下，只要是花钱购买的商品，买主有权任意支配，除非法律或买卖人之间有特别的约定。

承认艺术家这种形式作品存在的理由其实很简单，那就是在市场经济社会里，只要不违反国家法律规定，任何人都有表达自己感受的自由，包括将10吨苹果泡在水里。当然，这里所包含的基本假定是，这些苹果是艺术家合法取得的。

无论是作为水果食用的苹果，还是作为艺术原料烂掉的苹果，都只是一类物质而已。对有些人来说，将10吨苹果倒进水里这种消费方式是一种艺术，满足精神上的需要；而对某些人来说，这是一种浪费，满足的只是创作哗众取宠的表现欲望。文明社会允许不同的价值观同时存在，并且允许持有不同价值观的人们之间展开理性的讨论。生活在这样的时代，我们每一个人都应该学会倾听，学会宽容。

从吃苹果到玩苹果，艺术家找到了苹果的新用途。正是按照这样的思维方式，年轻人会不断地发现苹果的其他用途。这种开放式的思维方式，为社会的发展提供了不竭的动力。

我认为将10吨苹果倒进水池是有些可惜，但我也知道这样说许多“小资”会嗤之以鼻。但小资的存在未必是坏事。如果没有小资，就显不出“无资”或“中资”来。这种不同阶层人群的存在，恰恰反映了中国改革后的社会发展趋势。或者反过来说，在《洗苹果的艺术》中可以折射出当今中国社会各阶层的状况。听说已经有学者对中国的社会阶层进行了认真的学术分析。不知道这种分析是否比这件艺术作品所反映的社会各阶层人们的心态更科学、更细腻。

国外的艺术家用一整块布将国会大楼包扎起来，您说这是不是艺术？中国古人将一座山凿成一尊佛，您说这是不是浪费？艺术创作说到底就是艺术家将自己的感觉运用特殊的方式表现出来的行为；对于观众来说，面对一件被称为艺术品的东西，也有权表达自己的感觉。这种表现的自由与表达的自由，是一个社会成熟的表现。如果有人将苹果从池子里捞出来啃上一口，或许是破坏了艺术家的作品完整性，或许参与了艺术家的创作活动。谁知道呢？

从洗苹果的艺术，可以看出中国社会阶层的分化，也折射出了中国各阶层人群的心态状况。既然这件作品有如此大的信息含量，您能说它不是一件艺术品吗？当然，我的分析本身可能也是参与艺术创作的活动。从这个角度讲，我可以毫不客气地将我这件作品称为艺术品。

吸引读者的绝招 ◎ 黄友卫

把 10 吨苹果一下子全倒在池子里烂掉，这够耸人听闻了吧？我乍一听，第一反应是：浪费，极大的浪费！但作者还要为这种浪费辩护，怪哉！这是文章吸引读者视线的第一招。

要讨论这个问题，必然要涉及艺术的概念和价值。这是个恼人的问题，三言两语不易讲清。作者巧妙地避开了理论探讨这个难题，选用具体形象的实例来表达，从而达到启迪读者、荡开思路的目的。先用两个例子来对比，说明了什么样才叫做洗苹果的艺术。本来，把 10 吨苹果一下子倒掉，这事怎么讲都有点糟蹋和浪费的嫌疑。而下文还要讨论关于“是否浪费”这个问题，不怎么好开口，但既然是艺术了，艺术的价值本就不是一般物质可以衡量的——一张纸值不了几个钱，但那上面的画价值连城的情况多的是——于是，通过这个例子，下文的“本”就张开了。通过具体形象的方法说理，精心铺垫，自然行文，这是此文吸引读者的第二招。

接下来，作者紧扣所提出的问题：把 10 吨苹果倒进池子里是一种浪费还是一种艺术呢？分两个方面来论述：首先，在市场经济条件下，只要是属于艺

术家自己的苹果，就可以任意支配，包括将10吨苹果泡在水里，除非法律限制或艺术家跟卖主之间有特别的约定。其次，无论苹果作为什么用，都只是一类物质，作为艺术创作的材料就不算是浪费了。对于任何一个问题，每个人都允许有不同的见解，艺术更应该有广阔的生存空间。生活在这样的时代，我们每一个人都应该学会倾听，学会宽容。这样说理，显得有据有力，令人折服，又能开阔读者的视野。析理细致，辩驳有力，在说理之外，给读者以有益的启迪和顿悟的空间，这是此文成功的第三招。

杂文创作恰如其名，是讲究灵动巧妙、以“杂”取胜、杂中见精的。此文就是一个很好的例子。

因为这些原因，人类埋没的天才比发现的天才多100倍，我们践踏的才气比我们扶持的才气多100倍。

优秀总是有点怪

潘国本

当瑞典文学院将2002年诺贝尔文学奖授予匈牙利的凯尔泰斯·伊姆雷的时候，世界几乎都在惊愕这个陌生的名字，他太不为人所知了。

凯尔泰斯生于1929年11月。19岁开始做布达佩斯一家报社的记者，3年没有让头头看出丁点亮眼的地方，22岁，他被报社解聘。凯尔泰斯只有一支笔和一间陋室，什么饭碗离一个潦倒记者最近呢？为了糊口，他操起了翻译和写作。

其实，他很不幸，一出道就卷进“二战”漩涡，又是犹太裔，15 岁就被纳粹投入波兰奥斯威辛集中营，之后又转到德国布痕瓦尔集中营，只是在那场 600 万犹太人被屠杀的灾难中，他意外地活了下来。这段非常的经历让他无法不产生独特的感受，他排开烦恼和贫困，在那间陋室，用 13 年时间，写成了以“大屠杀的阴影”为背景的长篇《无法选择的命运》。这样的大屠杀主题居然“没有任何道德愤恨和形式上的抗议”，只在探索一个作为“人”的生活，小说不合官方要求和时人口味，到哪儿去找出版呢？又过了 10 年，到了 1975 年，他尝试了将这《无法选择的命运》投给播种人出版社，但编辑无法接受他的语言和风格，退了回来；接着又投文学出版社，仍不被看好，只是这一次有幸被一位叫阿赤的女编辑看上了，她喜欢。由于阿赤的力荐，终于领到了“准生证”，但印数很少。就是这很少的印数，仍长期冷躺在书店一角。阿赤有些懵了，又在《匈牙利民族报》上发了一篇热情的评论。遗憾的是情况依然如故，甚至在 1985 年小说再版时，冷落依旧，即使后来有了德、法国等国的译本，凯尔泰斯仍是文坛汪洋中的一个无名小卒。

十分幽默的是，2002 年诺贝尔文学奖一公布，景况顿时大转，不仅包括《无法选择的命运》还有他所有的其他作品，几天之内便在匈牙利全境告罄，害得印刷厂开足马力日夜加班加点。

这个世界上类似的怪事已发生过许多，但奇怪的是，我们总在一边惊奇一夜暴红，一边又让这样的惊奇一再重现。

应该说凯尔泰斯还算好，73 岁时赶上了自己的转运。比凯尔泰斯不幸的，更多。大画家凡·高、大数学家伽罗华、大文豪卡夫卡……大体上也都是有点怪异，他们在有生之年，整个儿是黑暗，根本没见上一点光亮。比如伽罗华，他在投考巴黎综合技术学校的口试中，只是背弃传统的阐述，用了他自己创立的概念（群论思想）回答问题，明明是考官无法理解他的跳跃思维，反遭当场嘲笑并拒之不取。他的两篇数值方程论文，因

叙述简捷并孕育着一个“特别的概念”，便一而再、再而三地遭大师们的诋毁和奚落。要不是还有一个绝对忠于数学的刘维尔，在伽罗华死后14年还愿意钻在里面几个月研究那份他决斗前夜写下的十分潦草的遗稿，我们也许不会知道19世纪法国出过一个伽罗华，也就更不会知道19世纪已有人创建了群论。

比伽罗华他们还不幸的，更多。他们曾经同样做出过惊人的贡献，但他们走着旁门左道，反着传统权威，虽然也写过伟大著作，出过伟大思想，也百折不挠地寻找过知音，但一路上，他们的上司、评审、编辑，乃至老师亲朋，没有一个是阿赤或刘维尔，都只觉得这个人怪怪的，有着几分神经质。他们只属于未来，但却生于现在，因此业绩埋没了，姓名埋没了，彻底地埋没了，连泡沫也没留下一个。

因为这些原因，人类埋没的天才比发现的多100倍，我们践踏的才气比我们扶持的才气多100倍。谁也估算不出因为这类埋没，我们的地球文明延缓了10个世纪还是20个世纪！

胡椒是一流调味品，胡椒气味古怪；榴莲是一流水果，榴莲味臭恶心；我们第一次喝啤酒的时候大致也不会觉得它比马尿好多少——好的东西总是有点怪。蒲松龄不务正业，坐在路边搜集鬼怪故事；伽罗华除数学以外对所有别的功课都极不重视，他甚至可以认为对数题太容易而在升学口试中拒绝回答——优秀的人总是有点怪。凯尔泰斯呢，他执拗、孤寂，生活可以贫困，著作可以不发表，文章可以不讨喜欢，他选用的那种写残酷和恐怖的方式绝对不会去变。如果他换个方式写屠杀，像上司

希望的和大伙习惯的那种，世上会多出一种肯德基或者麦当劳，但绝不会有今天的凯尔泰斯了。

超凡之才　始能怪异

◎ 陈珍荷

能获得诺贝尔文学奖的凯尔泰斯·伊姆雷，他一定是优秀的。但他成名的过程却很怪，甚至让人当做一件幽默的事来看待。大画家凡·高、大文豪卡夫卡也是优秀的，但他们又与众不同，人们难以接受。

然而，从文中我们可以知道，作者并非想和我们探讨诸如此类的“奇人怪事”，他是想在揭露这一怪异现象的同时，给所有人留下思考：为什么我们可以很快的看到优秀人士的怪异之处，而不能及时地发现他的优秀之处呢？他是在呼吁人们爱惜那些优秀的人与事物，不要因为他的怪异而把他遗弃或埋没。大抵超凡脱俗之才，定有其怪异之处，我们要用宽容的心胸和远大的目光，宽纳那些反权威反常规的异端思想，这不仅是为了人才的本身，更重要的是为了人类自身。长期以来由于人类干着践踏人才的蠢事，延缓了地球文明的发展进程。这就是作者的写作目的，也是文章的一大优点。

文章的另一大优点就是语言。文中的字里行间，没有很激烈的语言，也没有丝毫的哀叹，只是用平静的叙述与朴实的词句，激发读者的感情与思想，“这个世界类似这样的怪事已发生过许多，但奇怪的是，我们总在一边惊奇一夜暴红，一边又让这样的惊奇一再重现。”这里留给读者很大的思考空间。读者会自己思考造成这一现象的原因，并去寻找答案，得出自己的看法。这远比作者发表他自己的观点更有效。另一些地方却又用冷静理性的分析，读之让人扼腕长叹。如“因为这些原因，人类埋没的天才比发现的天才多100倍，我们践踏的才气比我们扶持的才气多100倍。谁也估算不出因为这类埋没，我们的地球文明延缓了10个世纪还是20个世纪！”埋没与发现的比值，践踏与扶持的比值，发展与延缓的差

距，这样的数值不为人知也难以估计，但又令人信服，无可非议，它提醒我们不要再犯这样的错误。还有的地方运用生动形象、通俗易懂的比喻，更显绝妙。如：好的东西就如同胡椒、榴莲、啤酒，初尝入口时都感到气味有点古怪。但我们不是接受它们了吗？而为何不能像接受榴莲那样接受怪才呢？这语言多么精炼，又多么传神，确实值得品味。

当然，文章在选材、结构等其他方面也是优秀的，但我想，仅此上述两点就足以让我们去喜爱、去深读了。

事实上，读书人"学什么"一般也不是自己所决定的。而教育也是这样，谁在社会中占据了统治地位，谁就能决定它的内容和目的。

读书为什么

赵　牧

书中自有千钟粟，书中自有黄金屋，书中自有颜如玉……

这算不上"先贤"的教诲，不过却赫然印在旧时的启蒙读物《幼学故事琼林》里。都说封建的科举制度是制造伪善的温床和渊薮(sǒu)，但这伪善的制度竟没把这赤裸裸的观点剔除，想想也有些不可思议。所以我认为这算个奇迹，所以能把它铲除更是奇迹，而21世纪的湖南省株洲市的教育局就创造了这样的奇迹。

株洲市一所重点中学的语文教师对学生说，读书是为了挣大钱，娶美女，结果被开除，而且全省的教育单位都不得再录用。

这事在网上被网民炒翻了天，占压倒性的观点是：那教师何错之有。难道读好书，是为了受苦受难？还有相当数量的人问：为什么不允许说真话？个别网民问：这样做是否违法？

网民的反应有沸反盈天的味道，这很令我意外。翻阅了一个多小时网民的帖子，感觉新意并不多，但却有助于了解人们的真实心态。比如这样的调侃：这个教师大概是白痴，居然不知讲真话要倒霉。居然不知很多事只可以做，不可以说。这些常识是他当学生时就该融会贯通的。更有人直截了当地说：现在的学生还用你教这个？学生比你这个老师还清楚。

谁能否认这就是当今中国的现实？

"学习为什么"其实是个伪问题。因为这个问题通常不是由读书人提出来的，而是由"教育者"提出来的。所以真正有实在意义的问题是"教育为什么"。

宋代风流词人柳永说"且把浮名，换得浅斟低唱"。柳永把宋王朝的官位视为浮名，宋皇帝听了不高兴。后来柳永申请参加"高考"（科举应试）。皇帝说：他要浮名做甚？且去填词！就这样断了柳永的做官梦。柳永只好自嘲"奉旨填词"去了。

在任何时代，统治者都是要搞教育的，封建社会也是如此。但皇帝开科取士目的是什么？当然是为了培养一批文化官僚，为他打理"国家事务"。皇帝需要读书人为他效力，读书人则可"学而优则仕"——升官发财。这是"不以人们的意志为转移的'客观规律'"。

所以那时的读书人能有柳永的"境界"——不一定非要当官，实属相当不易。在科举制度下，人们能看到的更多的是什么货色？读过《儒林外史》都会很清楚。

说"读书为什么"是个伪问题，我还有个理由，因为人的基本需要是亘古未变的，就像"工人做工为什么"、"农民种田为什么"、"教师教书为什么"、

"医生行医为什么"，请问这是否也需要哪个圣人为他们定调？你可以赋予某种职业以最高理想，但你要想把这种理想作为强制性的职业规范会怎么样，结果注定就像马克思说的——"思想一旦离开'利益'二字，就会使自己出丑"。《儒林外史》就是个好标本。封建教育宣扬什么"存天理，灭人欲"，结果如何？只见贪官之欲恶性张扬，天理却彻底泯灭。

事实上，读书人"学什么"一般也不是自己所能决定的。

皇帝需要大批文化官僚为他打理"国家事务"；工业社会需要大批技工，大量的技校就应运而生；商业社会需要大批金融人才，就会有金融专业和学院……这也是说"读书为什么"是个伪问题的又一个理由。

教育的内容就是这样变化的，谁在社会中占据了支配地位，谁就能决定教育的内容和面目。

20世纪70年代末，教育界"拨乱反正"——高考重开，立即千军万马争过独木桥，曾经"流毒极深"的"读书无用论"为什么就此被一举肃清。其实谁都明白这是怎么回事。

"学习为什么"即使是个问题，也不如"教育为什么"更关键，比如所谓"义务教育"今天是不是已经名存实亡。比如今天为什么有那么多人，用那么多的名义在学生身上凶狠搜刮……而教育系统中又有多少人因此被开除，永远不得录用了呢？

这几年，教育界的腐败现象比比皆是，多得早已有令人麻木之感。

写到这我就想，为什么这个教师被开除，就引来这么大"公愤"（因为为其鸣不平的人数占压倒多数姑且如此称之），可能就是因为这比之对教育界腐败的惩治之弱，与对一个捅出了普遍的学习动机者的惩罚相比，实在让人感觉有些欺人太甚了！

读书，读人

◎ 吴怡婷

现在的社会，人才济济。要想在这个社会立足，干出一番成就，那就需有科学文化知识为基础。

学校，是我们学习知识的场所；老师，就是指导我们学习知识的人。这些都是我们每个人从小开始接触的物和人。我们会因此受到其影响——尽管不一定全部受其影响，毕竟人的思想是主观灵动的。株洲市一所重点中学的一位语文老师对学生说了他自己的想法，结果却被开除了。或许老师的一言一举会影响学生的一生，但每个人都有讲自己真实想法的权利，这位老师估计平时就爱跟自己的学生讲真话，所以才会对学生有那么大的影响力。如果那位语文老师真的那么具有影响力，那就更不应该开除他，因为学生都会听他的。如果说他犯了错，只要纠正他的所谓“错误”不就行了？

作者认为，“学习为什么”，这不是一个有意义的问题，或者说不是问题的关键。问题的关键是“教育为什么”。的确，我们有权利去学习自己感兴趣的东西，但必须以社会的要求和教育规定的内容为前提，那就是说教育什么，就学习什么。

事实上，读书人“学什么”一般也不是自己所决定的，而教育也是这样，谁在社会中占据了统治地位，谁就能决定它的内容和目的。所以教育什么，其实也是社会需要什么。由此看来，“学习为什么”确实是个伪问题。那位教师真的有点冤，因为“学习为什么”并不是他说了算，尽管他说得有理，那也是因为教育的客观是如此，他只不过说了自己的观点罢了。所以，“教育为什么”似乎更值得我们去关注。毕竟治病必须治其根本。

教育界中存在的腐败现象比比皆是，要想把这病治好，就要找出病源，既知病源，就应该对症下药，不要让它再有复发的机会。

株洲的那位教师的事件出来后，上下大哗，如疮疤被揭，引起一片风暴似的声讨。在这片义愤填膺的声讨之中，此文卓然独立，冷静思考，力排众议，抓住问题的本质进行说理，显得新颖别致，很有说服力，且极富启迪意义。

一只鸟儿，自我内心深处飞向天宇。超初，它仅像只燕子，然后是云雀，是春天的花朵，布满繁星闪烁的夜空。它高飞且变大，却终未飞出我的心房。

Part Five
立此存照

社会要向前发展，要取信于民，不仅仅是展示成绩，最重要的是懂得如何审视自己的短处，时时警醒自己。

认真，乃民族魂。没有了它，民族将会迷失；有了它，民族就有希望。

从笑话看德国

沙叶新

虽然我去德国之前对德国知之甚少，可有两则关于德国人的笑话，却令我记忆甚深。

一则是说，若是在大街上遗失一元钱，英国人绝不惊慌，至多耸一下肩就依然很绅士地往前走去，好像什么事也没发生一样。美国人则很可能唤来警察，报案之后留下电话，然后嚼着口香糖扬长而去。日本人一定很痛恨自己的粗心大意，回到家中反复检讨，绝不让自己再遗失第二次。唯独德国人与众不同，会立即在遗失地点的100平方米之内，划上坐标和方格，一格一格地用放大镜去寻找。

还有一则笑话是说，如果啤酒里有一只苍蝇，美国人会马上找律师，法国人会拒不付钱，英国人会幽默几句，而德国人则会用镊子夹出苍蝇，并郑重其事地化验啤酒里是否已经有了细菌。

我本以为在这两则笑话中德国人的严谨认真态度和科学求实精神被大大地漫画化了，可我到了德国之后，以我的所见所闻相印证，才觉得两则笑话对德国人的性格刻画虽然有所夸张，但并不太失真，而且还很传神。

我这次是作为剧作者，随《东京的月亮》剧组到德国去参加演出的。演出的地点是在汉堡的塔丽雅剧院，这是汉堡的三大剧院之一。装台期间，我们的灯光设计师和德国技师发生过一次小小的“国际冲突”。我们的灯光设计师在爬吊杆装吊灯时，用的是从国内带去的人字梯，可德国技师认为它不安全，坚持要用德国制造的有调节平衡装置的人字梯。他们架好了“MADE IN GERMANY”的人字梯后，精细地调节四只梯脚，使之不差分毫地保持在一个水平面上，以保证梯子的绝对垂直和平稳。调试过后，德国技师还不放心，又用手反复摇试，使之无一点晃动，经过这样严格的检验，确信它达到百分之百的平稳后，才允许我们的灯光设计师爬上去。其实我们带去的梯子，也十分坚固，使用 10 多年，爬上爬下数千次，也从未出现过问题；而且人字梯并不高，即使有些晃动也不致有危险。可德国技师硬是要用他们的梯子，似乎过于较真，过于刻板；其实细思之，这其中却体现出日耳曼民族的一种极为可贵的精神。

首先是对劳动者极大的尊重和保护。德国不但有条目繁多、内容广泛的《劳动安全法》，而且还有非常细致和独特的《工作场所法》。比如该法规定工作场所的室内高度不得低于 2.75 米，室内必须有窗可以看见室外，严禁在封闭的工作场所劳作，必须提供每个工作岗位足够的空间，不得在拥挤的环境中工作等。最令人感动的是，它甚至还规定工作场所必须有新鲜清洁的空气，必须有与工作人员的健康状况相适应的正常温度，否则便是违法，工作人员可以据此控告业主。连对工作场所中的空气和温度都有严格规定，更何况是梯子呢？

有法就必须严格遵守，这又体现了德国民族的一丝不苟的优良作风。中国驻汉堡的副总领事曾对我讲过他刚来汉堡时的一个故事。有一次，他在限速的公路上超速了几秒钟，为的是越过前面德国人开的一辆车去转弯。转弯后，他发现被越过的这辆德国人开的车在他后面紧追不舍，一直追了一个半小时。到了总领事馆下车后，他问这个德国人为何一直跟着他。这个德国人说，我追了你一个半小时，就是想问你一句话：

你为什么要超速?

世界上怕就怕“认真”二字,德国人就是如此认真。一个认真的民族是最有希望的民族。今年是东西德统一5周年(本文写于1995年——编者注),在这短短的5年里,这两个政治实体并没有因为原有的血型不同而产生“异体排斥”,发生社会动乱,相反原东西德地区的经济都有不同程度的增长,而且原东德地区的经济增长率今年已达到9%,居整个欧洲之冠,这不能不说是奇迹。这奇迹的产生,大概与德国是个认真的民族不无关系吧!

这次我去柏林旅游时,花了7马克买了一块巴掌大的柏林墙作为纪念。带回上海后,我拿给朋友们观看。可几乎所有的朋友都问过一个问题:这块花了近40元人民币从德国买来的水泥块,是真的柏林墙上的一块吗?不会是假的?我感到悲哀。悲哀的是,只有我的同胞才会提出这样的问题。我们自己被席卷全国的无孔不入的造假吓坏了。在德国,什么东西都可能买到,可你想买假的东西却很难很难。知假买假的“刁民”王海,只有在当今中国才会应运而生,四川技术监督局为打假居然成为造假者的被告,这大概也具有浓厚的中国特色。这些极具戏剧性的事情,在德国绝无可能发生。德国人认真,中国人认假。虽然不可一概而论。

假如是一个中国人,他在本文开头讲的两则笑话中会是什么态度呢?其实在原笑话中是有我们中国人的角色的。但为了中国人的面子,我故意隐去了。可是将真事隐去也是一种假,为了打假,我……我就将它说出来吧。在第一则笑话中,是这么挖苦咱们中国人的:咱中国人在大街上遗失一元钱,不会像英国人那样若无其事,不会像美国人那样唤来警察,不会像日本人那样自我反省,也不会像德国人那样认真寻找,而是狠狠地在地上吐口唾沫,然后大骂一句:“哼,谁拾到谁就去买药吃。”于是心理上就平衡了。这种阿Q主义曾被鲁迅先生深刻地批判过,但我们周围就有这样的人,不算丑化。在第二则笑话中,对啤酒里出现苍蝇一事,中国人不会像美国人那样去找律师，不会像法国人那样拒不付钱，不会像英国人那样幽默几句，也不会像德国人那样进行化验，而是……而是将苍蝇从啤酒里捞起，喝它一半，要求赔偿，并且再到第二家啤酒店，如法炮制，将苍蝇偷偷放在啤酒里，继续要求赔偿。这不是太损我们中国人了吗？可遗憾的是，我在前年访问日本时确实听说有的中国留学生将蟑螂故意放在面条里要求日本老板赔偿的事。虽然我也知道这是个别的，但在有的国家就硬是没有我们这种个别！

不是说要提高国民的素质吗？我看就先从最简单也最难的认真做起，如何？就是打假也不要假打，更不要假人来打假，而要真人真打，如何？

认真，乃民族魂 ◎周 鹏

认真，是我们为人的态度，是我们处事的准则。一个认真的民族，是最有希望的民族。这是沙叶新的《从笑话看德国》给我们最大的启示。

作者“立足现在”，联系我国无孔不入的造假，直接道出中国人的心理要害，在对比中无形讽刺了“浓厚的中国特色”。这是一个民族的希望，还是悲哀呢？同样在路上行走，德国人认真，我们认假，一真一假，发人警醒！

认真，乃民族魂。没有了它，民族将会迷失；有了它，民族就有希望。看了此文，我们还会容忍造假“招摇过市”吗？不要让假充斥我们的生活，而是让认真来得更猛烈些吧，就像德国人一样。

此文精辟入理，以小论大，正反对比。语言精练有力，引例典型。先从两则笑话说起，从幽默的对比中说明德国人的严谨认真、科学求实的精神。作者视野开阔，以小论大，从小事上升到对于民族的思考。“世界上怕就怕‘认真’二字，德国人就是如此认真。一个认真的民族是最有希望的民族”，从“小事”论出“大理”，发人深省。

将“不要忘却”作为国家“主旋律”中强烈的音符。国家不忘国民，国民也不忘国家。国民与国家紧靠在一起，忧患与共。

日本的一种“主旋律”

商金林

日本从战后废墟到经济强国，短短20年靠的是什么？作为同源文化的近邻，我们一直在寻求答案。

我既不懂政治，也不懂教育和经济，不敢说找到答案，但在日本，给我留下最深刻印象的却是日本突出的“主旋律”，他的爱国主义教育做得很有特色，很有成效。

我们的爱国主义教育，突出的是“祖国在我心中”、“我为祖国做些什么”。而日本的爱国主义教育，突出的是“祖国不会忘记你”。日本国家电视台NHK每天晚上7点的新闻也就30分钟，但在这天日本非正常死亡的人，无论是官员名流，还是草民百姓，上至白发老人，下至几个月的婴儿，电视台都一视同仁，郑重其事地予以报道，深表哀悼；对于被谋害和失踪的人，一律追踪报道，直到找到凶手或尸体为止。至于在日本国境外遇到突发事件的人，NHK则极为牵挂，反反复复地报道，把他们的安危讲得非常详细，做到家喻户晓。例如，有一回，从印尼飞往新加坡的航班中途坠落了，日本电视台立即在屏幕上打出字幕，随后就有详细的报道：

飞行路线，坠落方位，机上有多少乘客。乘客中有两名日本人，他们的姓氏年龄、家庭住址、工作单位、家里还有哪些人、谁去失事地点料理后事等。直到遇难者骨灰运回了日本，这段报道才告一段落。

每一位日本人都会从生活中真切地感受到：我是日本大家庭的一员，祖国时时刻刻在真诚地关爱着我。对于为国家作出贡献的人，社会对他们的关怀更是无微不至。东京都规定：5层以上的楼房才能安装电梯。可东京大学教养学部8号馆（教学、科研大楼）只有4层，却安装了电梯，这在东京都大概是唯一的“例外”。代田教授告诉我说：当时有位军人到东京大学读书，他腿上有伤，上下楼不方便，于是东京大学为了他一个人特意安了这部电梯。

鲁迅先生写过一篇小说，题名叫做《头发的故事》，收在短篇集《呐喊》里。小说借用N先生的自述，描写了辛亥革命前后革命者的悲哀：双十节到了，北京的‘国民’们忘了纪念，以十分漠然的态度来对待中国现代史上具有重大影响的日子，因为革命没有给他们带来什么好处。N先生想起许多革命志士，终于“坐立不稳了”。

“国民”被“纪念”（指革命）“忘却”了是悲哀的，“纪念”（指革命和革命志士）被“国家”“忘却”了同样也是悲哀的。“不要忘却”乃是一个国家“主旋律”中强烈的音符。

你心有我，我心有你 ◎ 尹雪珍

“你爱国吗？”这个耳熟能详的问题，想必每个人都被问过，我们都会有一个共同的答案：爱。可是，一旦被问到你是怎么爱国的？大部分人都会哑口无言。因为我们大部分的爱国都是停留在口头上，我们都痛斥这种虚伪的爱，可是谁都没有清醒，仍然随波逐流。幸好，商金林清醒地站了起来，醍醐灌顶式地给我们提了醒。

本文运用形象化的方法，通过对日本爱国教育与我们爱国教育事例

作为形象来进行剖析，以夹叙夹议的手法针砭时弊，批判中国的爱国教育。文章选用的例子具有典型性，深刻地给读者们展示了日本爱国主义教育的成功和中国爱国教育的弊端。典型的例子最具说服力，使文章更具阅读和欣赏的价值。

“‘国民’被‘纪念’(指革命)，‘忘却’了是悲哀的，‘纪念’(指革命和革命志士)被‘国家’‘忘却’了同样也是悲哀的。”这句话深刻地反映了我们国家是怎样丢失爱国主义教育的。国家和国民同样“忘却”了，谁来爱国呢？所以，国家不要空口说白话，将“不要忘却”作为国家“主旋律”中强烈的音符。国家不忘国民，国民也不忘国家。国民与国家紧靠在一起，忧患与共。事实胜于雄辩，行动才是硬道理，大家都一起来“爱”国，共同营造一个“国家心中有人民，人民心中有国家”的和谐社会。

当今很多人的道德犹如生锈的机器，开动不了马达，只能在前方滞留，素质低便“顺理成章”了。

公　德

冯骥才

在德国汉堡定居的一个中国人，对我讲了他的一次亲身感受——

他刚到汉堡时，跟几个德国青年驾车到郊外游玩。他在车里吃香蕉，看车窗外没人，就顺手把香蕉皮扔了出去。驾车的德国青年马上“吱”地来个急刹车，下去拾起香蕉皮塞到一个废纸兜里，放进车中。对他说：“这样

别人会滑倒的。”这件事给他印象极深，从此他再不敢随便乱丢废物。

在欧美国家的快餐店里，有个不成文的规矩，吃完东西要把用过的纸盘纸杯吸管扔进店内设置的大塑料箱内，以保持环境的整洁。为了使别人舒适，也为了避免妨碍影响别人，这就叫公德。

在美国碰到过两件小事，我记得非常深。

一次是在华盛顿艺术博物院前的开阔地上，一个穿大衣的男人猫腰在地上拾废纸。当风吹起一块废纸时，他就像捉蝴蝶一样跟着跑，抓住后放在垃圾筒内，直到把地上的乱纸拾净，才拍拍手上的土，走了。这人是谁，谁都不知道。

另一次在芝加哥的音乐厅。休息室的一角是可以抽烟的，摆着几个脸盆大小的落地式烟缸，里面全是银色的细砂，这是为了不叫里边的烟灰显出来难看，但大烟缸里没一个烟蒂。柔和的银砂很柔美，我用手一拂，几个烟蒂被指尖勾起来。原来人们都把烟蒂埋在下面，为了怕看上去杂乱。值得深思的是，没有一个人不是这样做。

有人说，美国人的文化很浅，但教育很好。我十分赞同这个看法。教育好，可以使文化浅的国家的人很文明；教育不好，却能使文化古老的国家的人文明程度很低，素质很差。教育中的“德”，其中一个重要成分是公德。公德的根本是重视他人的存在。

美好的环境培养着人们的公德，比如在清洁的新加坡，有随地吐痰

恶习的人也不会张口把一口黏痰吐在光洁如洗的地面上。相反，混乱肮脏的环境会败坏人们的公德，比如纽约地铁的墙壁和车厢内外到处被胡涂乱抹，污秽不堪，人们的烟头废纸也就随手抛了。

好的招致好的，坏的传染坏的，善的感染善的，恶的刺激恶的，世上万事皆同此理。

放些阳光进来，照亮心灵 ◎周 鹏

何为公德？作者给我们作了很好的诠释：它的根本是重视他人的存在。帕斯卡尔说过“人是会思想的芦苇”，可在这个物流横欲的社会，你是否尊重他人存在的价值了？是否拥有一颗不被污染的灵魂？

文章一开头，作者便引用了一位定居在汉堡的中国人的故事，引发我们对公德的思考。这样的开头犹如香茗，经燃烧或压榨而其香愈烈。在文章的最后深化了主题：教育中的“德”，一个重要成分是公德。公德的根本是重视他人的存在。

“教育好，可以使文化浅的国家的人很文明；教育不好，却能使文化古老的国家的人文明程度很低，素质很差。”这是值得让我们深思、反省的一句话。当今我国的教育制度，只注重“满堂灌”，把知识灌给学生，却很少传授道德。于是，很多人的道德犹如生锈的机器，开动不了马达，只能在前方滞留，素质低便“顺理成章”了。

千百年前，刘备说过：勿以恶小而为之，勿以善小而不为。唯贤唯德，能服于人。康德也发出过振聋发聩的话：有两样东西会使我们景仰和敬畏：头顶之上的星空和心中的道德准则。我们扪心自问：我们是否做到了贤德，让光芒熠熠生辉？所以，要让人人恪守公德，要让灵魂无纷扰，最好的办法是用美德占据它。因为美德的源泉是在内心，如果你挖掘，它将汩汩涌出。但愿我们流出来的是美的、善的源泉。

正是这些不良的习惯湮没了真实的自我，宁可模棱两可，也不愿看得清清楚楚。

我们正在变得又聋又瞎

孙少山

最近，钟南山说，因为农药的过量使用，50年后很多中国人将丧失生育能力。在生育方面，钟院士的预言要过50年后才能验证，但在别的方面，我们人类本身，由于一些现代生活方式而发生的改变却已经很明显了。比方多年前有关部门对孩子作过一次检测，现在的孩子比20年前的孩子夜视能力大大下降，就是一到天黑就什么也看不见了。还有一项是没有方向感，也就是到了陌生地方就分不清东南西北，而我本人感受到的却是我们的后代正在变得又聋又瞎。

今年春节，儿子回来，不知怎么发现他姥姥耳朵眼里有纸屑。而且塞得很深，很结实。姥姥解释说是因为耳朵里痒，不小心弄进去的。儿子信以为真，用小镊子，费了很大劲儿硬给掏了出来。当时我一看心里就吃一惊，我知道是怎么回事，是她有意塞进去的。岳母看电视总是要把音量调到20度，而我和妻子觉得合适的是30度，所以每次岳母看过的电视我都要再调回来，20度我听不清。大家都知道，一度一度调高10度很让人不耐烦，我就对岳母说，音量大了也不多费电，用不着调那么小。但是两个儿子一回来就一定要把音量调到40度。这样，我们家就是：80多岁的

人看电视要 20 度的音量;50 多岁的人看电视要 30 度的音量;20 多岁的人看电视要 40 度的音量。奇怪吧?如果说我两个儿子的听力差是没根据的,但凡是他们的同学一到我家打开电视就会往高音量调,甚至调到 50 度。老太太耳朵眼儿的纸屑就是这么进去的——她怕吵,耳朵受不了。

我这个年龄段的人一进歌厅都会受不了那强烈的音响。就是在饭店里,只要服务员一打开音响我们都会叫她把音量调低。他们会认为我们不会享受,是落伍了,不跟形势,我却认为现在的年轻人统统耳朵聋,他们由于长期受大音量的刺激,听力大大地下降了。

我说,看,对面楼上那家养的月季开花了。儿子走上前一看说,哪里有什么花? 我吃了一惊,你真的看不见? 他说,根本就没有让我看什么? 我这个大儿子还不算很近视,从来不戴眼镜。

电视、电脑、画片、强烈的人造光和鲜艳的人造色彩长期的刺激,已经使孩子们的视力极大地降低。对我们人类来说,可怕的还不是这种听力和视力的退化,更可怕的是他们会对这种现状渐渐习惯,不再认识到这是一种缺憾。我对儿子说,你要去配一副眼镜了。他说,看那么远有什么用? 我心里一阵悲凉,儿子将永远不能享受到我所欣赏到的大自然的风光了,他看什么都是一片模糊,而他并不觉得遗憾。我一位年轻的同事因为高度近视去年去做了激光矫正手术,我问她感觉如何? 她说,唉,别提多后悔了。我问她怎么啦,她说,原来你们都老成这副模样了!特别是某某,他看上去都可怕,像鬼一样。原来,她手术前看我们都是一个个模模糊糊的影像,样子还说得过去,现在一下子把我们的每个毛孔、每条皱纹都看得清清楚楚,她有些受不了。她说后悔了当然是幽默的说法,但有一点是真的,她确实已经习惯了我们在她的视觉里都是一个个模模糊糊的影像,这不知是她的可悲还是我们的可悲。当然她也习惯了她眼前那个模糊的世界。

土拨鼠由于长年生活在地下,视觉已经丧失,变成了瞎子,在我们看来很可悲,但是土拨鼠并不觉得,它们已经习惯了。我们人类一样会对自身正在消失的能力逐渐习惯的。我儿子就说我:“你能看那么远有什么用?”

儿子这一代无论在视觉上还是听力上已经是肯定不如我们这一代了,儿子的下一代,会不会比他们还不如呢?如果他们的孩子从十几岁就玩儿电脑,那视力肯定会不如他们这一代。从目前形势来看,让他们的孩子从小不玩儿电脑那是不可能的。单就我们家来看,视力就要一代不如一代了。仅仅三代人就会有如此大的变化,那么几百年之后我们人类将会是什么样子?钟南山说50年后许多中国人将丧失生育能力,那么100年后呢?200年后呢?我们的许多行为在改变着这个世界的同时也正在改变着我们自身。

拿什么来拯救我们?◎周 鹏

在互联网高速发展的今天,强烈的人造光和鲜艳的人造色彩,时刻冲击着我们的视觉与神经,结果,我们的视力极大地降低。高校大学生听力日益衰退,戴眼镜也变得司空见惯,甚至很多中小学生都加入了这个行列。

本文夹叙夹议,善用反问等修辞手法,尤其是最后一段用了三个反问句,极具气势,留给读者想象的空间,引发无限的遐想。文章首尾呼应,用钟南山的预言进行前后呼应,相得益彰。

我们正在变得又聋又哑,绝非危言耸听。正如文中所说的“对我们人类来说,可怕的还不是这种听力和视力的退化,更可怕的是他们会对这种现状渐渐习惯,不再认识到这是一种缺憾”。作者列举了他的儿子、年轻同事对视力的漠然态度。“你能看那么远有什么用?”,这样的回答,让悲哀阵阵袭击着我们。

是什么使得当今青少年正变得又聋又哑?与其说是电视、网络,不如说是自身不良的习惯。他们模糊了视线,也模糊了自己,将看不到远处的

风景。正是这些不良的习惯湮没了真实的自我，宁可模棱两可，也不愿看得清清楚楚。

我们是不是该反省一下自身的行为了？别让不良的行为改变我们，而是要让我们改变不良的行为。让前方的风景看得更清晰些吧，让听力趋于完美，这才是我们真正的追求！

Part Six 人情世故

历事知情，阅人知心。特别是在这喧嚣的转型社会，事可以让我们从中吸取经验，人可以引我们思索其中的意味，从而完善自我。

“卑怯是卑怯者的通行证，高尚是高尚者的墓志铭。”时至今日，这句话还闪耀着耀眼的“光芒”，很多人都喜欢做卑怯者。

“卑怯性格”种种

毛志成

英雄也有卑怯的时候，只因为他正视自己的卑怯，并为之羞愧，就最终不失为英雄。懦夫也有值得谅解的时候，因为他承认自己是懦夫，从不以勇士自居。怕就怕明明是卑怯者，偏偏时时“作勇士态”，整日里挺胸昂首、鼻意如虹，兼之说些傲气凌人的狂言。例如：某高官作“廉政报告”时，显得大气凛然、义正词严，台下的人也时时报以掌声。偏巧在该高官讲到激动时，台下第一排的某人出于“生理失控”，臀下发出了不雅之声，近于“下气如雷”。在场者也随之嬉笑，且有低声小议者。那位发出不雅之声的人绝无特殊恶意，无非是生理反应而已。但那位高官却想得很多很多，非但认为那位当事人是故意的，而且是一种带有恶意性的抗议。继之，这位高官顿时索然，再无激情，勉勉强强地讲了几分钟之后便借口“我还有别的急事”便草草离席。事后，他千方百计地查寻此人名姓，以及工作单位、担任何职，发誓一定要将该单位、该人的“腐败行为”查清。其实，这是怯懦的表现。

卑怯之事，官界有之，民界也有之。某位草民式的人，天天、处处暗中骂官，喊些惊人之言，诸如：“十官九贪！我到什么时候都敢说！我见了贪官本人也敢当面说！”时值某官员来到某基层单位体察民情，来到此人之家。问寒问暖一番之后，又与此人亲切握手，并与之合影。此人后来接到照片后，随之到照相馆将照片放大，回家后镶以镜框敬悬于壁。每有人来，都向人炫耀说：“我与那位领导同志是好朋友啦！以后有什么难事，找我就成！”

借此虚名，后来他自认为是“有路子的人”，渐渐盛气凌人起来。

某位欺压平民、鱼肉乡里的恶徒，很多人深受其害。好多良民不堪其扰，向地方政府和公安部门诉苦。地方官员、派出所警察闻之也很生气，发誓一定要严办此种流氓恶棍。但这个流氓恶棍匪气十足，恶相毕露，大发狂言：“我连死都不怕，还怕谁！我奉劝那些想治我的人小心点！把我惹急了，不论什么官，什么警察，小心他一家的生命安全！反正我的命不值钱，谁认为他自己的命、他一家人的命值钱，就来惹我！”

别以为此歹徒的话不管用，恰恰相反。自从此歹徒口出狂言之后，地方官员和警察都改了口，侧重于劝良民“好汉不吃眼前亏。尽量少惹这样的亡命徒。我说这样的话，是关心你们呀！要理解我的好心”。

在某次有关文学的会议开会之前，报到之后吃午饭时，与会者彼此不识姓名，每位都可随意而坐，随意吃东西。此时有位“青年作家”大发傲众之论，他说他最看不起一大串“名作家”，认为那些人水平极低，“根本就不配当作家！”此时他也点了我的名字，幸亏他不认识我。对这样的狂士，我非但不讨厌，还有一点尊重，因为他敢直言。谁想他百般问我的名字而我又自报家门之后，他顿时卑怯了，改口说：“是我刚才喝了几口酒，说走了嘴。您和我刚才议论的那几位名家不同，您确实有水平，与众不同……”这也是卑怯！倘若他始终不改口，始终瞧不起我，我对他只会有崇敬。

我到一个社区医院定期输液时，身边坐着一位与我一起输液的贵妇人。很快她就成了中心发言人，别人都成了她的听众。她炫耀的无非都是

其夫级别如何之高，其家如何之阔，其社会关系如何之硬，其子女到外国如何“学有所成”，以及其本人的“生活质量”如何之优。而我只是坐在她对面微笑着，目不转睛，始终不发一语。三四日后，她的话不仅少了，而且进门之后一见我在场就退出，说“这里人多，过一两个小时我再来”。她怯懦的原因是什么，我不想猜。

某次我参加评奖会时，是7名评委之一。有位参赛者的作品水平很低，但竟然有6位评委百般赞扬其人其作。我的口气很坚决，认为该人该作没有达到起码的及格线，并说那位参赛者事前也曾将“辛苦费”交到我家，我拒绝了。等到我做了此番发言之后，我发现那6位评委的脸都有些红了。我认为这也是卑怯。

正视“卑怯” ◎ 尹雪珍

“卑怯是卑怯者的通行证，高尚是高尚者的墓志铭。”时至今日，这句话还闪耀着耀眼的“光芒”，很多人都喜欢做卑怯者，这篇文章给了我们一个很好的证明。

文章从开头到结尾，用了6个不同的事例来说明卑怯性格的种类，用夹叙夹议的手法阐述自己的观点，讽刺各种卑怯的人。这种写法简洁清晰，主题突出，直接讽刺，一点即破，文章的一开头就哲理性地给我们说明了英雄与懦夫的差别。在无情的嘲讽中，给我们揭露了生活的假、丑、恶。

“卑怯之事，官界有之，民界也有之”，作者虽然在文中仅仅给我们揭露了6种情况，但是却能够让我们看出中国整体的现状：很多人都喜欢做卑怯者。因为在这种腐败的社会风气下，卑怯才是他们的通行证。归根到底，卑怯是我们人性懦弱的一面，是国民劣根；再加上社会腐败这种不良风气的催化，使更多的人加入了卑怯者的行列。其实，我们都有卑怯性格，这种性格并不可怕，可怕的是卑怯者不敢正视自己的卑怯，而去巧妙地掩饰自己的卑怯，所以才会最终发展成为真正愚昧的“卑怯者”。由卑怯者组成的社会是黑暗的，没有希望的。作者借此文来敲响我们的警钟，我们必须清醒起来，改变这种局面，让曙光再现。

保持自我，一辈子守住一隅一杯茶，低调地去追求我们各自的人生。这样简简单单、平平凡凡的人生才是最精彩的人生。

人往低处走

孙 睿

人往高处走，是人生的追求。

人往低处走，是追求人生。

人往低处走，不是比谁更低，而是种心态：低调。

低调，是自然、和平、不争，当不能为了低而低，故意太低，就是造作。

低调，不是无作为，是不显摆。靠谱的都低调，忽悠的才高调。靠了谱，又何必忽悠？

越是经历了风雨的人，越懂得低调；越是不谙世事的人，越张牙舞爪。

不牛的人，怕不被人知道；真牛的人，何须主动让人知道！

上品的瓷器，收敛、问候、宁静、含蓄；下品的瓶子，艳俗、夸张、讨巧。

年幼允许无知，年少者应该痴狂，但一辈子无知、轻狂，就是愚昧。

中国一本《老子》，5000 多字，就为说明一个道理：人要往低处走。说细点儿就是，无为、不争、寡欲，善为下。

无为不是不为。社会需要进步，个人也要进步，该为还得为，只是不要为得功利。

不争不是不争。物竞天择，优胜劣汰，有生命的地方，这句话就适用，不争的是身外之物。

寡欲不是无欲。正因为人类有对光明的欲望，才有了电灯，寡欲是懂得适可而止。

善为下不是不上。上了，才知道高处不胜寒；上过，才能真正知道下的好处。善为下不是装孙子，是不装牛充雄。

在低处，不是恐高，不是怕摔，是高处的风景已无诱惑，是“一览众山小”后选择返璞归真、平淡祥和。

商品社会，真往低处走，难。山珍海味，香车美女，处处都是诱惑；股票房子，工资职称，天天都是欲望；耐得住寂寞，需要功力，真能一辈子守住一隅一杯茶，离大师就不远了。

人往低处走，比往高处走还难，就像水往高处流比往低流走难一样。

简单就是美 ◎ 尹雪珍

当今社会是一个利益相争的社会，“一切向钱看”，这是现代人的真实写照。贪污、贿赂……人们尔诈我骗进行变相的潜规则，心态逐渐被侵蚀。众人皆醉而我独醒的“我”已经无处寻觅。

本文笔墨不多，却言简意赅，哲理性强，而且语言优美，句式整齐。文章通过对比的手法，把低调的与不低调的人和事作了深刻的对比，衬托中得出低调的高尚。文章还运用名言和名著作论证，使语言更加有力，说服力更强。

人要往低处走，我们需要的是低调的心态，“无为、不争、寡欲、善为下”地去追求人生。不要为名利而浪费生命，不要为争夺身外之物而俗化你的人生，不要为过多的欲望而使身心疲惫，不要装孙子而低视自己。这

“四不要”是保持低调心态的必备条件，是追求人生的真谛。当今社会，能做到“四不要”的确不容易。面对无可抵挡的种种诱惑，我们贪婪的欲望就开始扮演着一个重要的角色，开始使我们产生各种坏念头。这时，我们想往低处走，比往高处走还难，就像水往高处流比往低处流一样难。此时，我们的意志力必须发挥作用，站出来，打败贪婪的欲望，使自己保持清白，不被世俗污染。保持自我，一辈子守住一隅一杯茶，低调地去追求我们各自的人生。这样简简单单、平平凡凡的人生才是最精彩的人生。

“天外有天，人外有人”，那些你认为自己拿得出手的东西，往往有人比你更拿得出手。

笑与被笑

公孙欠谀

北京人说他风沙多，内蒙人就笑了；内蒙人说他面积大，新疆人就笑了；新疆人说他民族多，云南人就笑了；云南人说他地势高，西藏人就笑了；西藏人说他文物多，陕西人就笑了；陕西人说他革命早，江西人就笑了；江西人说他能吃辣，湖南人就笑了；湖南人说他美女多，四川人就笑了；四川人说他胆子大，东北人就笑了；东北人说他性子直，山东人就笑了；山东人说他经济好，上海人就笑了；上海人说他民工多，广东人就笑了；广东人说他大款多，香港人就笑了……

意思很明确，就是你认为你很拿得出手的东西，往往有人比你更拿得出手，弄不好就成了笑料。

一天我的一位表姐给我打电话叫我去她家吃饭，我一口就答应了，一是因为我和表姐很久没有联系了，亲戚也好，朋友也好，要多联系才会越走越近；二是因为表姐的女儿（即我的表侄女）谈了个男朋友，要介绍给我认识。

表侄女的男朋友在一家宾馆从事美食工作，换句话说就是厨师。应该讲这个职业是天下最好的职业，俗话说：山珍海味厨子先尝。我是个爱吃的人，所以我比较羡慕厨师这个职业。小伙子长得还算可以，除了有一点职业体形外，其他表现都还不错，非常客气，吃饭之前，我们闲聊了几句，因为不熟，便没有说太多的话，多数时间大家都在看电视，电视上正在播放一些美国风光，我家的3岁小儿指着自由女神像问我说“这是什么？”我觉得给一个3岁小孩解释自由女神有些困难，而且在生人面前过多普及百科知识，有卖弄之嫌，就模仿一个方言节目里的说法，随口讲了“这是一个美国阿姨！”我话音未落，就听见我对面的那位美食工作者发出了爽朗的大笑，我以为他是被我的幽默所感染，也跟着他笑起来，谁知他笑容一收，露出一脸不屑，甚至有些鄙夷：“什么美国阿姨？那是自由女神！”说完他一起身留给我一个充满知识和力量的背影。

我不能上前去解释，告诉他我其实是在说笑话，我的历史知识很板扎，经常攻读我们人类伟大的灿烂辉煌的文明史直至半夜鸡叫、邻居起夜。吃饭的时候，借着酒劲，美食工作者成了我的老师，显然我的“无知”需要他对我进行必要的扫盲补习，古今中外天文地理他讲得滔滔不绝，当然也有些是讲对了的，也有些是张飞杀岳飞、关公战秦琼，估计他觉得

即使信口雌黄，凭我“美国阿姨”的水平也不能纠其所谬。

又过了一段时间，表姐告诉我，表侄女和美食工作者分手了，我担心是因为“美国阿姨”坏了他们的事，又了解，说不是，才放下心来。直到现在我还是感谢这个小伙子的，至少我现在不敢取笑任何人，也不敢给任何人普及百科知识，因为普通的“美国阿姨”往往就可能是“女神”！

笑？ © 邓彦雯

“天外有天，人外有人”，那些你认为自己拿得出手的东西，往往有人比你更拿得出手。

“我”因哄孩子而开了一个“美国阿姨”的玩笑，却被“厨师男友”认为无知，他进而借着酒劲来为“我”的无知做扫盲补习，卖弄他的“渊博知识”，殊不知“我”的知识其实比他渊博数倍。一对比，“厨师男友”的行为就更显滑稽了。文章结尾作者在感谢这位“厨师男友”的同时，道出了当你自以为是地取笑别人时，也许你自己早已被别人在心里取笑的人生哲理。

人们总喜欢把自己以为厉害的东西拿出来炫耀，也常取笑别人不如自己的地方。这种行为仅是在虚荣了自己的同时顺便娱乐大众而已。世界纪录不断被更新，今天说自己是世界上跑得最快的那个人，也许明天就没有立足之地了。当我们想取笑别人的时候，是否应该反思一下自己的这种行为？

本文开篇运用排比手法，引人入胜。风趣幽默的语言，形象生动的比喻是本文的一大特色，为了表现“厨师男友”讲错的历史知识，作者采用一句“也有些是张飞杀岳飞”来代替具体，贴切之余还有调侃的效果。文章构思奇特，自由女神被作者说成是“美国阿姨”只是用来哄3岁儿子所开的一个玩笑，而这个玩笑被作者巧妙地用作象征贯穿全文。作者用“美国阿姨”来自嘲，“厨师男友”以“自由女神”自居，到底谁是“美国阿姨”，谁是“自由女神”早在作者的妙笔中不言而喻了。

面对"坏人"的欺压，中国人只是跟自己生气，只是一味地忍气吞声，却没有任何一个人站出来说："我很生气！"

中国人，你为什么不生气

（台湾）龙应台

在昨晚的电视新闻中，有人微笑着说："你把检验不合格的厂商都揭露了，叫这些生意人怎么吃饭？"

我觉得恶心，觉得愤怒。但我生气的对象倒不是这位人士，而是台湾1800万懦弱自私的中国人。

我所不能了解的是：中国人，你为什么不生气？

包德甫的《苦海余生》英文原本中有一段他在台湾的经验：他看见一辆车子把小孩撞伤了，一脸的血。过路的人很多。却没有一个人停下来帮助受伤的小孩或谴责肇事的人。我在美国读到这一段，曾经很肯定地跟朋友说：不可能！中国人以富有人情味自许，这种情况绝对不可能发生在中国人身上！

回国一年了，我睁大眼睛，发觉包德甫所描述的不只是可能，根本就是每天发生、随意可见的生活常态。在台湾，最容易生存的不是蟑螂，而是"坏人"，因为中国人怕事、自私，只要不杀到他床上去，他宁可闭着眼假寐。

我看见摊贩占据着你家的骑楼，在那儿烧火洗锅，使走廊垢上一层厚厚的油污，腐臭的菜叶塞在墙角。半夜里，吃客喝酒猜拳作乐吵得鸡犬不宁。

你为什么不生气？你为什么不跟他说“滚蛋”？

哎呀！不敢呀！这些摊贩都是流氓，会动刀子的。

那么为什么不找警察呢？

警察跟摊贩相熟，报了也没有用；到时候若曝了光，那才真惹祸了。

所以呢？

所以忍呀！反正中国人讲忍耐！你耸耸肩、摇摇头！

在一个法治的社会里，人是有权利生气的。受折磨的你首先该双手叉腰，很愤怒地对摊贩说：“请你滚蛋！”他们不走，就请警察来。若发觉警察与小贩有勾结——那更严重。这一团怒火应该往上烧，烧到警察肃清纪律为止，烧到摊贩离开你家为止。可是你什么都不做，只是畏缩地把门窗关上，耸耸肩、摇摇头！

我看见成百的人到淡水河畔去欣赏落日、去钓鱼。我也看见淡水河畔的住家整笼整笼地把恶臭的垃圾往河里倒；厕所的排泄管直接通到河底。河水一涨，污秽气直逼到呼吸里来。

爱河的人，你又为什么不生气？

你为什么没有勇气对那个丢汽水瓶的少年郎大声说“你敢丢我就把你也丢进去”？你静静坐在那儿钓鱼（那已经布满癌细胞的鱼），想着今晚的鱼汤，假装没看见那个几百年都化解不了的汽水瓶。你为什么不丢掉渔竿，站起来，告诉他你很生气？

我看见计程车穿来插去，最后停在右转线上，却没有右转的意思。一整列想右转的车子就停滞下来，造成大阻塞。你坐在方向盘前，叹口气，觉得无奈。

你为什么不生气？

哦！跟计程车可理论不得！报上说，司机都带着扁钻的。

问题不在于他带不带扁钻，而是在于你们这 20 个受他阻碍的人有

没有本事推开车门，很果断地让他知道你们不齿他的行为，你们很愤怒！

经过郊区，我闻到刺鼻的化学品燃烧的味道。走近海滩，看见工厂的废料大股大股地流进海里，把海水染成一种奇异的颜色。湾里的小商人焚烧电缆，使湾里生出许多缺少脑子的婴儿。我们的下一代——眼睛明亮、嗓音稚嫩、脸颊透红的下一代，将在化学废料中学游泳，他们的血管里将流着我们连名字都说不出来的毒素——

你又为什么不生气呢？难道一定要等到你自己的手臂也温柔地捧着一个无脑婴儿，你再无言地对天哭泣？

西方人来台湾观光，他们的旅行社频频叮咛：绝对不能吃摊子上的东西，最好也少上餐厅；饮料最好喝瓶装的，但台湾本地出产的也别喝，他们的饮料不保险……

这是美丽宝岛的名誉；但是名誉还真是其次，最重要的是我们自己的健康、我们下一代的健康；100 位“交大”的学生食物中毒——这真的只是一场笑话吗？中国人的命这么不值钱吗？好不容易总算有几个人生气起来，组织了一个消费者团体，现在却又有“占着茅坑不拉屎”的“卫生署”、为不知道什么人做说客的“台湾政界人士”要扼杀这个还没做几桩事的组织。

你怎么能够不生气呢？你怎么还有良心躲在角落里做“沉默的大多数”？你以为你是好人，但是就因为你不生气、你忍耐、你退让，所以摊贩把你的家搞得像个破落大杂院，所以台北的交通一派乌烟瘴气，所以淡水河是条烂肠子；就是因为你不讲话、不骂人、不表示意见，所以你疼爱的娃娃每天吃着、喝着、呼吸着化学毒素；你还在梦想他大学毕业的那一天，你忘了，几年前在南部有许多孕妇，怀胎 9 月中，她们也闭着眼梦想孩子长大的那一天，却没想到吃了滴滴纯净的沙拉油，孩子生下来竟是瞎的、黑的！

不要以为你是大学教授。所以作研究比较重要；不要以为你是杀猪的，所以没有人会听你的话；也不要以为你是个学生，不够资格管社会的事。你今天不生气，不站出来说话，明天你——还有我、还有你我的下一代，就要成为沉默的牺牲者、受害人！如果你有良心，你现在就去告诉你的公仆——“立法委员”、告诉“卫生署”、告诉“环保局”：你受够了，你很生气！

你一定要很大声地说。

捍卫心中的爱 ◎ 唐和任

懦弱自私的中国人，只要坏人“不杀到他床上去，他宁可闭着眼假寐”。龙应台针对这一点，对中国人提出质问：中国人，你为什么不生气？这其实也正是我们读者的疑问。

一开始，文章以电视新闻而引发作者的愤怒，同时提出：中国人，你为什么不生气？接着写了包德甫的《苦海余生》原文中的一段故事，这个故事揭示了中国人的自私，但作者不相信，这也是我们不愿相信的。这似乎对文章没有任何作用，但事实上这正好为下文的描写埋下了伏笔。

紧跟着，作者回忆了许多自己亲眼目睹的情节，面对“坏人”的欺压，中国人只是跟自己生气，只是一味地忍气吞声，却没有任何一个人站出来说：“我很生气！”要是问：“你为什么不生气？”只是回答：“哎呀！不敢呀！”，或者是“耸耸肩、摇摇头”，这就是中国人的懦弱之处，这些现象“不只可能发生，根本就是每天发生，随地可见的生活常态”。

接着作者笔锋一转，写出中国人不生气所带来的害处，然后举了许多例子来支持与阐述自己的观点，最后又指出在我们的权利、健康、生命等受到侵犯时，我们应行动起来，而不是“成为沉默的牺牲者、受害人”。这一系列的描写体现了本文结构的紧密性，以“中国人，你为什么不生气”贯穿全文。并且用实际具体的事例来阐述观点，而不是空洞地讲道理，这使文章内容丰富多彩，并且表现出中国人懦弱自私的一面，从根本上为我们回答了前文的质问。

思路清晰，文章有条理，这也是本文的一大优点。先举例列出中国人怕事、自私的丑态，再讲中国人这种退却、忍耐的危害。然后以这个为基

础，指出我们应该生气，这是我们的权利，因为"在一个法治轨道的社会里，人是有权利生气的"。

是该让我们学会说"不要"和"要"的时候了。因为这是人生中最重要的两个词，是抉择，是取舍，是对错，是成败，是许许多多我们最需要的东西啊。

不要只说"不要"

吴　名

直到已经念大学的时候，个性似乎尚未脱离青少年叛逆期的她，在家庭里仍经常表现出对立的态度。不管是父母跟她说什么，她一律回答："不要！"

妈妈说："多吃点青菜，把汤喝完。"她回答："不要！"

爸爸说："客人快到了，帮忙整理一下屋子。"她回答："不要！"

父母的溺爱，让她的"不要"在家里说得理直气壮。奇怪的是，这样的孩子到了外面，反而表现得十分顺从，不敢随便对别人说"不要"。

一个在她眼中根本就是其貌不扬的男孩主动约她看电影，心里明明不愿意，但她迟迟就是无法把"不要"说出口，只好用拖延战术，三番两次借口临时有别的事情而爽约。

另一位女孩，有个很特别的经验。她心中早已经有位钟情的"白马王子"，但基于女性的矜持，不想主动示爱，好不容易，有一天在很意想不到的情况之下，那位“白马王子”竟不请自来地向她表白。

“有空吗？我想约你去看电影。”

大概是太紧张了吧，她脱口而出的字，竟是“不——”。

瞬间心碎的男孩，面红耳赤地逃离尴尬的现场。后悔莫及的她，向好友坦白：“其实，我真正想说的是：不——不可能吧！你要知道我等这一天，已经等很久了！”没想到对方只听到“不——”还没来得及把后面那一段听到就转身逃走了。

还有一个太迟才说“不要”的例子，也算是一个悲剧：三年后，一个男人拖着一份无以为继的恋情终于向对方提出“分手”的要求。

“我们‘不要’再这样继续耗下去了！”

她泪流满面地说：“我做错了什么？”

“其实你对我真的很好，只不过我发现我们真的不适合。”他没有说穿，早在交往第二个月他就想分手了，就是因为她真的没做错什么，才会拖了那么久。

教人如何说“不要”的技巧，已经有许多专家提出建议，例如不要立刻拒绝，不要随便拒绝，不要无情拒绝，不要傲慢拒绝……总之，时机和态度都很重要。但是，我觉得更重要的是——不要只说“不要”，而应该学着表达“要”。

否决别人的提案或请求，当然可以直接说“不要”，但其实对方真正想要的答案是“要”。这两个极端，并非完全没有交集。从“不要”到“要”的过程中，就是彼此谈判的空间。

学习用“要”代替“不要”，会让人际关系更圆满。说“要”，并非委曲求全地全盘接受对方的要求，而是代表“我们可以坐下来谈谈看”。

即使对方是为求爱而来，你真的不喜欢他，至少可以让他得到“我‘不要’和你做情人，但是我‘要’和你做朋友”这样的结论。

说“不”很困难，但相比之下，说“要”可能更不容易。

无论是恋爱、工作或生活，练习说“不”，是个很重要的沟通课程；但

练习说"要"更是不可或缺的人生主张。总要能够清楚说出自己要什么、不要什么,别人才知道怎样跟你配合。只要语调客气、立场坚定,无论赞同或反对,都是可以沟通的开始。

不清不楚的灰色地带,并不等于留白,也无助于拓宽彼此的视野,反而会拉长双方的距离。也许,它可以避免短时间内的冲突,但长时期的互动,还是要靠正确的沟通。

无论青红皂白,只知道一路坚持说"不要"的人,我们会把他当成天生的"反对"党。永远只说"要"的人,若不是太贪心的就是个滥好人,我们只能深深寄予同情。

最怕碰到模棱两可的人,永远不清楚他讲的到底是"不要"还是"要",让我们即使有诚意想让他在相处的时候舒服一点,都还会害怕自己是不是搞错他真正的意思。

"不要"的普遍性 ◎ 林丽君

这是一篇为人处世的感悟。它通过具体的事例,劝告我们,要把握准自己的方向盘,熟悉赞同或拒绝的技巧,不要误人误己。

21世纪的今天,大多数家庭都只有那么一个被视为怀中宝、掌上珠的独生子女。我们生而何幸,在"饭来张口,衣来伸手"中长大,还可以养成娇滴、顽皮的个性。父母们的溺爱使我们已经不会真正根据自己的意思说出客观的"不要"或"要",于是悲剧产生了。不论是一次野外劳动,还是一次教室值日,我们都会说"不要";不论是丑陋不堪,还是荒唐可笑,只要是流行的,我们都会说"要"。这些正常吗?一点也不。的确是该让我们学会说"不要"和"要"的时候了。因为这是人生中最重要的两个词,是抉择,是取舍,是对错,是成败,是许许多多我们最需要的东西啊。

对于怎样使用这两个词的问题,作者也作了详细的解析。作者认为,不管怎么样,当你要说出"要"或"不要"的时候,要看清场合,辨清目的,弄清对象，别含含糊糊，模棱两可。作者设身处地，站在青年读者的角度来看待和分析问题，用交流感受的方式来行文，摆出具体典型的事例来进行说理，所以觉得容易领会，自然也容易接受，这是此文的高明之处。

反正天下只有救火的英雄，没有防火的好汉，是非之地，不可久留，不求有功，但求无过？错！

要倒的油瓶我不扶

汪　强

谁这么放的油瓶？一半在架子上，一半悬在空中，只要苍蝇撞上了它，只要电风扇转起来，只要老鼠撞到架子上，它就会倒下来。不过，我不想去扶。

我知道，这油瓶一旦倒下来，极有可能落在下边那个烧得正旺的炉子上，那就可能酿成一场火灾。不过，我还是不愿去扶。

我知道，扶一扶那只油瓶并不困难，只需要多走三五步路，然后举手将那油瓶向里挪一挪就行了。可是，我却不敢去扶。

想想吧，假如当我的手刚要触到油瓶的瞬间，它正好倒了，正好落在炉子上，火势迅猛蔓延开来，把一间间房屋烧毁了，把一件件电器吞噬了，把一个个来不及逃出去的老弱病残烧伤了，烧死了，那我能逃脱干系吗？地上有我的脚印，架子上有我的指纹(假如恰巧还有一块地面砖，一段木架没有被烧掉)，再加上有人证实，在大火燃烧前的两分钟，只有我一个人从屋里走出。在这种情况下，我怎样面对公安人员的审问？我说，

那个油瓶本来要倒，我是去扶油瓶的。他们会相信吗？他们若问，谁能证明那个油瓶要倒？我说不出证人，我拿不出证据。他们若是再查一查先前那个放油瓶的人，那个放油瓶的人十有八九会说，他的油瓶放得是如何牢靠，刮12级大风，发生8级地震，那油瓶也不会倒。我怎么办？我就是有100张嘴也说不清楚呀。

想想吧，假如正当我扶好油瓶的瞬间，有人走过来了。他没看到那个油瓶要倒的情形，只看到我的手抓在油瓶上，他会怎么想？他会不会对人说，×××已经抓住了油瓶，一见我来了，立即把手放下了，满脸通红，跟我说话也不自然。于是一传十，十传百。那我成了什么人？日后，那厨房少了一袋米，人家就会想，是不是×××"拿"走了？他还偷过油哩，厨房里少了一条羊腿，人家也会想，是不是×××"拿"走了？他曾经偷过油哩。这叫我怎么有脸活下去？我如果一开始就向人家解释，我不是偷油，我是去扶油瓶的，这又成了"此地无银三百两"的大笑话，反而会增加人家的疑心。这不是叫我左右为难，跳到黄河也洗不清吗？

就算这一切都不发生，火灾没有发生，扶好油瓶的瞬间没有人看见，做好了这一切就顺顺当当地走了，那又怎么样？如果我对领导说，若不是我，整个单位全完了，那领导也许会以为我有神经病。如果我对哪个老人说，不是我，你就没命了，你就会被烧成一堆枯炭了，那说不定会被骂得狗血淋头。怎么说呢，反正是天下只有救火的英雄，没有防火的好汉。

是非之地，不可久留。不求有功，但求无过。还是快快地离开这儿，那油瓶爱怎样就怎样吧。

"闲事"不妨多管 ◎ 谭琼梅

"要倒的油瓶我不扶"，别人不敢去扶，你敢吗？

听听不扶者的理由吧！若是他的手刚要触到油瓶的瞬间，它正好倒了，说不定别人会认为他是纵火犯；或许他来不及逃开，被烧死了；或者说有人看到他的手放在油瓶上，说不定别人会以为他想偷油呢！那以后他可就没脸见人了。

就这么一只要倒的油瓶，却引发了不扶者的重重顾虑。确切地说，应该是我们的顾虑。倘若在公共汽车上小偷正在行窃，或者说在某处有人杀人，别人不知道，不巧被我们看到了，我们可就顾虑重重了：当场揭穿小偷或者说去公安局报案作证人，说不定他们会找我们的麻烦，报复我们；或者说做贼的喊抓贼，反咬我们一口，他们的证人多得是，可谁看见他们作案啦？没有。我没有证人！再说帮了别人，人家又不一定领情，何必自找麻烦啊！反正亏的又不是我们！

"事不关己"者很干脆地替我们作出了决定：反正天下只有救火的英雄，没有防火的好汉，是非之地，不可久留，不求有功，但求无过，自走自的，随那油瓶怎么样！要倒的油瓶我不扶，别人的事我不管，自走自的，随那小偷、杀人犯怎么样！

现在社会，"少管闲事"几乎成了每一个人的口头禅了。而这样的行为在社会上也屡见不鲜，见怪不怪了！我们的父母常告诫我们：出门在外，多一事不如少一事，别多管闲事！在报纸上我们常常看到：某某见义勇为，路人旁观，无动于衷，最后寡不敌众，血溅街头……对于这样的报道，每个人都会异常愤怒，纷纷指责歹徒毫无人性，却没有一个人会说旁观的人没有人性。一个又一个的悲剧在我们自私的选择中上演，我们每个人都会说：我佩服某某的见义勇为……可没有一个人说：我也会这样做，或者说我会帮他……

事不关己，少管为妙，这是典型的明哲保身。于是，人们宁愿让凶手一次次地逍遥法外，也无人愿意站出来伸张正义；于是，坏人更加横行，好人更加小心；于是，清者不清，浊者更浊……但我们往往忘了去想，当事情涉及自身的时候，旁人又会怎样！

此文通过一个具体的事例，直观地写出了人们意识形态中存在的问题，选取角度巧妙，说理形象充分，对读者很有启迪意义。

贪官污吏，不绳之以法，天下就不可能太平，人民就不能安居乐业。

口中剿匪记

丰子恺

口中剿匪，就是把牙齿拔光。为什么要这样说法呢？因为我口中所剩17颗牙齿，不但毫无用处，而且常常作祟，使我受苦不浅，现在索性把它们拔光，犹如把盘踞要害的群匪剿尽、肃清，从此可以天下太平、安居乐业。这比喻非常确切，所以我要这样说。

把我的17颗牙齿，比作一群匪，再贴切不过了。不过这匪不是普通所谓"匪"，而是官匪，即贪官污吏。何以言之？因为普通所谓"匪"，是当局明令通缉的，或地方合力严防的，直称为"匪"。而我的牙齿则不然：它们虽然向我作祟，而我非但不通缉它们，严防它们，反而袒护它们。我天天洗刷它们；我留心保养它们；吃食物的时候我让它们先尝；说话的时候我委屈迁就它们；我决心不敢冒犯它们。我如此爱护它们，所以贪官污吏呢，不是普通所谓的"匪"。

怎见得像官匪，即贪官污吏呢？官是政府任命的，人民推戴的。但他们竟不尽责任，而贪赃枉法，作恶为非，以危害国家，蹂躏人民。我的17颗牙齿，正同这批人物一样。它们原是我亲生的，从小在我口中长大起来的。它们是我身体的一部分，与我痛痒相关的。它们真是我的忠仆、我的护卫。谁料它们居心不良，渐渐变坏。起初，有时还替我服务，为我造福，而有时对我虐害，使我苦痛。到后来它们作恶太多，个个变坏，歪斜偏侧，吊儿郎当，根本没有替我服务、为我造福的能力，还一味对我加害，使我奇痒，使我大痛，使我不能吸烟，使我不得喝酒，使我不能作画，使我不能作文，使我不得说话，使我不得安眠。这种苦头是谁给我吃的？便是我亲生的，本当替我服务、为我造福的牙齿！因此，我忍气吞声，敢怒而不敢言。在这班贪官污吏苛政之下，我含辛茹苦，已经隐忍了近10年了！不但隐忍，还要不断地买黑人牙膏、消治龙牙膏来孝敬它们呢！

我以前反对拔牙，一则怕痛，二则我认为此事违背天命，不近人情。现在回想，我那时真有文王之至德，宁可让商纣方命虐民，而不肯加以诛戮，直到最近，我受了易昭雪牙医师的一次劝告，文王忽然变了武王，毅然决然地兴兵伐纣，代天行道了。而且这一次革命，顺利进行，迅速成功。武王伐纣要“血流如杵”，而我的口中剿匪，不见血光，不觉苦痛，比武王高明得多呢。

饮水思源，我得感谢许钦文先生。秋初有一天，他来看我，他满口金牙，欣然地对我说：“我认识一位牙医，就是易昭雪。我劝你也去请教一下。”那时我还有文王之德，不忍诛暴，便反问他：“装了究竟有什么好处呢？”他说：“夫妻从此不讨相骂了。”我不胜赞叹，并非羡慕夫妻不相骂，却是佩服许先生说话的幽默。幽默的功用真伟大，后来有一天，我居然主动地走进易医师的诊所里去，躺在他的椅子上了。经过他的检查和忠告之后，我恍然大悟，原来我口中的国土内，养了一大批官匪，若不把这批人物杀光，国家永远不得太平，民生永远不得幸福。我就下决心，马上任命易医师为口中剿匪总司令，次日立即向口中进攻。攻了11天，连根拔起，满门抄斩，全部贪官，从此肃清。我方不伤一兵一卒，全无苦痛，顺利成功。于是我再托易医师另行物色一批人才来。要个个方正，个个干练，个个为国家效劳，为民服务。我口中的国土，从此可以天下太平了。

别出心裁，妙趣横生

◎ 庄承驰

作者把自己口中的牙齿比作“匪”，把自己比成了养匪而反受其害的人民群众。这种以小见大、巧妙生动的写法，具体形象地揭露了当时官民的关系，甚至是现在官民的关系。你看，“它们原是我亲生的，从小在我口中长大起来，它们是我身体的一部分，与我痛痒相关的”，这一句，恰恰说的就是人民群众与他们养大扶高的官员们之间的关系啊！官员们原本长于民众间，与民众痛痒相关，血肉相连，但他们一旦掌管了国家大权，便成了“匪”，“常常作祟，使我受苦不浅”。这里明明白白地写出了当官者的丑恶嘴脸。这样的“官”，名为人民“公仆”，实是为害人间之“匪”，照理早应将它们拔个通光。但我还是要“天天洗刷它们，留心保养它们，吃食物的时候让它们先尝，说话的时候委屈自己迁就它们；不敢冒犯它们；还要不断地买黑人牙膏、消治龙牙膏来孝敬它们。”对常常作祟的贪官污吏不但不能绳之以法，还要强迫自己爱护、供养着它们。作者的痛苦与无奈，其实就是平民的百般痛苦与无奈。

是啊！这样的贪官污吏，不绳之以法，天下就不可能太平，人民就不能安居乐业。当时的社会如此，如今的社会也不见得有何两样。现在，我们身边的贪官污吏，可谓数不胜数。从我们的新闻报道就可以知道。好不容易出了个好官，我们的新闻就大肆报道，但细细琢磨他们的事迹，只不过是履行了一个人民公仆应尽的义务罢了，换句话说，这些都是他们的本职工作，他们既然在其位，就应当谋其政，这又有什么好吹的？如果这也值得拿来歌颂，那么每一个爱岗敬业的公民都应该歌功颂德一番！然而，我们也要明白这个道理：物以稀为贵。正是因为尽心尽力、尽职尽责的好官少了，才会有这种“新闻”的出现。

揭露贪官污吏的描写素材其实有很多，比如说贪污案例，或者访问当地群众等；而这里作者却选择了自己口中所剩的17颗牙齿作为素材。

这样别出心裁，颇具新意，容易吸引读者。加上作者运用幽默风趣的语言，嬉笑怒骂间自然而又痛快淋漓地表达了思想，更加显得灵动巧妙，魅力独具，感人至深。

客观事物都有自己的规律，我们不能阻止它们，也不能强行去介入它们。

流浪的自由

盛大林

广州发生的“孙志刚事件”使久为诟病的收容遣送制度再一次成为拷问的对象。媒体上的口诛笔伐此起彼伏，北大3位博士联名上书全国人大要求对收容遣送制度进行合法性审查，5位著名法学家紧接着“火上浇油”……2003年6月初，有关部门终于制定并下发了有关改进和规范收容遣送工作的意见，重申收容对象为城市流浪乞讨人员。民政部一官员称，“具体认定收容对象时，不是看有没有随身携带能证明身份的合法证明，而是看有没有流浪、乞讨行为发生。‘三证’没有或不全但没有流浪乞讨行为的人员不能收容，有证但有流浪、乞讨行为的人员也在收容行列”。

收容遣送的范围大大缩小了，但国务院发布《城市流浪乞讨人员收容遣送办法》仍然没有摆脱违宪的嫌疑，因为行政法规根本无权限制公民的人身自由。那么，为什么坚持要强制收容城市流浪乞讨人员？城市里

就容不得流浪者和乞丐吗？

美国哈佛大学的著名中国专家孔飞力在其代表作《叫魂》中，提及了这样一件事：《纽约时报》1988 年 7 月 29 日头版有篇题为《纽约人因街头有太多乞丐而愤怒》的报道，报道说“在过去的一年里，街头乞讨者增加了好几倍……”书中所引语焉不详，但至少透露出两条信息：一是纽约不但有流浪乞讨者，而且数量不少；二是在纽约流浪乞讨是合法的，纽约人虽然恼火，却也无可奈何。——作为世界上最大、最繁华、最现代化的大都市，纽约尚且能够容忍流浪乞讨，中国的城市为何如此娇贵、非将流浪乞讨者拒之于城门之外呢？

也许有人要说，收容带有救济的性质，流浪汉和乞丐被收容至少能够温饱无虞。然而“强扭的瓜不甜”，乞丐固然需要甚至渴望施舍，但也有拒绝施舍的权利。“嗟来之食”掌故中的那个饿汉就是因为施舍者的吆喝声中没有礼貌、带有侮辱性而忍饥拒绝的——仅仅因为“态度不好”就有人不能忍受，那么“不由分说”就失去自由的收容遣送，流浪乞讨者难道都会乐于接受、感恩戴德吗？

“生命诚可贵，爱情价更高，若为自由故，二者皆可抛。”“不自由，毋宁死！”这些视自由高于生命的信念虽然不太符合现代理性，但必须承认：自由是人类的最高价值之一。几千年来，它与“民主”、“平等”一样，都是各国人民向往和追求的目标。而在各种不同类型的自由如言论自由、婚姻自由等等之中，人身自由又是最根本、最重要的自由，因为没有了人身自由，其他任何自由都无从谈起。正因为如此，人身自由都是文明国家的法律所重点保护的对象。也正因其重要，我国的《立法法》明文规定，“限制人身自由的强制措施和处罚，只能制定法律”。然而，我国现行的收容遣送制度仅仅因为所谓“城市的社会秩序”就牺牲一些人的人身自由，直至置国家法律于不顾，实在匪夷所思。

不可否认，收容也有存在的必要，因为社会上确实会存在衣不遮体、食不果腹而又走投无路的人，而保护每个公民的生存权，是政府不可推卸的责任。但收容必须建立在“尊重”和“自愿”的基础上，而绝不能“强制”。美国也有收容所，但那里是“来去自由”的。冬来了，怕冷的流浪汉和乞丐纷纷投奔而来；天暖了，他们又要到外面享受自由。收容站里的流浪汉和乞丐也是受到尊重的，有一年的冬天，克林顿夫妇还亲自去收容站和他们一起吃火鸡呢！

我是流浪汉，但我也是人，所以也有人的尊严；我是乞丐，但我也应该有自由，因为我也是合法的公民。我想到哪里流浪，就到哪里流浪，不管天南与地北；我爱到哪里乞讨，就到哪里乞讨，无论城市与乡村。如果我没有涉嫌违法犯罪，任何人都无权剥夺我的人身自由；如果谁有意施舍，那也要尊重我的人格，征得我的同意……这既是人权主题中应有之义，也是法治理念中最基本的内容。明乎此，收容遣送制度应该何去何从，不是不言而喻吗？

学会尊重

◎ 谭钟明

看了此文后，我得到两点启示：一是出于善意的行为不一定都是帮助了别人，二是别把自己的快乐建立在别人的痛苦之上。

作者对于收容遣送制度为什么这么反感，甚至认为这种制度是不合理的呢？因为这种看似“善意”的行为，并不是帮助了别人，恰恰相反，由于制度的不完善和执法人员的过失，反而伤害了别人，侵犯了公民的权益。流浪仅和乞丐只要不偷不抢，不违法犯罪，他们是有他们的自由的。毕竟，他们也是中华人民共和国的公民，所以，国家执行收容遣送制度时，应当尊重他们的意愿。

由此我想到，我们做每一件事，其实都应当考虑实际情况，不能只凭单方面的热情和愿望。有时，出于善意的行为不一定就是对别人的帮助，做法不当，可能还会伤害到别人。我们的收容遣送制度之所以不能达到预期效果，原因就在这里。

从另一角度来看，我们的收容遣送制度目的是为了维护特定地区的秩序，却无形中侵犯了别人的合法权益。为了自己，不顾他人，这和把自己的快乐建立在别人的痛苦之上有什么区别？在我们周围，有太多的人只考虑到自己的利益而忽视了别人，殊不知，有人欢笑就有人痛苦。在这利益冲突的世界里，我们应当正当维护自己的权利和利益。

客观事物都有自己的规律，我们不能阻止它们，也不能强行去介入它们。像收容遣送制度这样的做法，在现实生活中太多了。盛大林先生写的这篇文章，只不过是一个缩影罢了，简单地说，这就是社会不公平一面的缩影。它提醒我们，要公正地去对待事物，辩证地考虑问题。

凡事都具有两面性，勤奋和懒惰只能是相对而言的，我们既要看到它们各自的优点，又能指出它们的缺点，这是我们看待问题的正确态度。

人与猴

王洪亮

某人捉住了两只猴子，他打算把它们训练成会表演的、能够帮他赚钱的猴子。

他准备了许多桃子。先是训练它们翻跟头，翻一个就给一个桃子吃。其中一只猴子翻得特别起劲，因此吃到了不少桃子。另一只则不然，既不翻跟头，也不吃桃子，用鞭子抽它，它也不翻。如此这般训练了若干天，翻得好的那只猴子，由于桃子吃得多，膘肥体壮，皮毛放光。那只宁可饿着也不翻跟头的猴子，却皮包骨头，无精打采。某人看着来气，就把它赶走了。

于是那只猴子在野外就精神了起来，活蹦乱跳地爬树摘桃子和其他野果吃。

那只会翻跟头的猴子则让主人牵扯着走街串巷翻跟头。

联系现实 发散思维 ◎ 苏晓冰

这则小品文寓意之深，对读者的启迪当不逊于千百万字的“大作”。我读了直觉得有一种“恍然大悟”之感。

作品所写的两只猴子原来是一样的——被人捉来驯养。一只猴子为了能吃到桃子而听从“主人”的命令指使，另一只猴子则叛逆于主人。最终是叛逆主人的猴子饱受饥饿和疼痛折磨之后，终于拾回了自由——回归了大自然；但顺从“主人”的那只猴子只得天天听人使唤，为人卖力——走街串巷翻跟头。文章表面看来只是平平实实的故事，慢慢品味起来，觉得其蕴含的哲理相当丰富。

全文仅两百多字，短小精悍，底蕴丰厚充实，用最简洁的文字表述了尽可能丰富的内容，这就是“空白”艺术。“作品如冰山，露在水上的只有八分之一，其余的八分之七隐藏在冰下”，给读者留下了广阔的想象空间，这是文学的最高境界。作者所写的“八分之一”是极具典型的冰山一角，让你从中想象出两只猴子的性格及人们对它们的态度。不同人的思维、观点不同，在参与作品的再“创作”中，你会思之得之，当你的想象和作者的构思相吻合时，你对作品的内涵理解就更深。正是巧妙地运用了“空白”艺术，作品的感染力才会如此之大。

在学习、工作、生活中，我们总是提倡要勤奋、卖力，懒惰则被人们视为一种坏的行为习惯。但凡事都具有两面性，勤奋和懒惰只能是相对而言的，我们既要看到它们各自的优点，又能指出它们的缺点，这是我

们看待问题的正确态度。有时盲目地勤奋付出，没有自己的目标，只是听人指挥，任人使用，到头来最多也只是一头“牛”，吃亏的是自己；适当地“偷懒”，集中精力向追求的最终目标进攻，往往不失为人生的一种明智选择。

“吃葡萄”才是人生的目标，别手里做着这事，心里却想着那事，导致人生目标不明。顾此思彼，只会一事无成。

“吃到葡萄”才是本事

慕　野

有个故事，说是有一只想吃葡萄的狐狸，由于葡萄架实在太高了，它连跳了几次都没有咬到，于是狐狸苦练跳高技术，终于有一天，它通过一个漂亮的撑杆跳跃过了高高的葡萄架，它跳得也实在高了点。这时，乌鸦向它表示祝贺，说它创造了狐狸家族的跳高历史记录。但狐狸却很快冷静了下来，葡萄在哪里呢，这不是白跳了吗？于是它不理睬乌鸦，又跑去跳高了，这次它仔细考虑了该跳多高，终于吃到了葡萄。

虽然只是调侃，却让我们有所思索，因为现实生活中，狐狸与葡萄的故事每天都在上演。

曾有一个朋友，刚从大学毕业那会儿，计算机专业出身的他却一心想做一名记者，于是去了一家电视台。虽然不是科班出身，摄影技术也不够好，但

他还算不错的文笔很是受编辑老师的称赞。他很得意，以为这样，就离做一个优秀记者的目标不远了，原本绷紧的心情也渐渐放松下来，于是就通过朋友找了一份兼职的短信编辑工作，继而又开始写小说，想让自己的写作水平更高些，却把老师告诫的要注意拍摄技巧的事忘得一干二净。

转眼一年过去了，电视台由于栏目变动，开始“精英组合”，要淘汰一批人，他满以为凭出色的文笔，应该可以留下，事实是，他出局了。而这时又传来消息，他编辑的短信很出色，很受欢迎。可他知道，这不是自己最想要的，他失败了。

在他离开电视台的时候，一位很欣赏他的老师给他讲了这个葡萄与狐狸的故事。末了，老师告诉他：对狐狸来说，跳高只是一种手段，葡萄才是最重要的，吃不到葡萄，跳再高也没有用。对你而言，做一个出色的记者才是最重要的，文笔好不过是条件之一。你的好文笔就像跳高，想当优秀记者的梦想就是你的葡萄，本末倒置，你得到了跳高的奖励，却没有品尝到葡萄的味道。一番话，让他后悔不已。

人的一生总是会有很多梦想，可最想要的不过是其中之一。也许在追逐梦想的时候你可能有其他意想不到的收获，而这些意外之喜却不一定是你最梦寐以求的。现在，连故事里的狐狸都知道跳高只为吃到葡萄了，那么，我们是不是都应该好好琢磨琢磨生活中葡萄的味道呢？

顾此思彼 一事无成

◎ 赖天源

这是一篇极具内涵的杂文，虽然篇幅较短，却揭示了为人处世的真谛，因而耐人寻味。这篇文章令我读了一遍又一遍，每读一遍，我对人生的感悟都有不同。

文章运用葡萄与狐狸的故事和现实生活中的例子相互比较，活灵活现地突出了文章的主题——“吃葡萄”才是人生的目标，别手里做着这事，心里却想着那事，导致人生目标不明。顾此思彼，只会一事无成。

怎样才能够在人生道路上“吃到葡萄”呢？为了吃到架上的葡萄，狐狸苦练跳高；为当一名出色的记者，计算机专业出身的大学毕业生勤奋练习文笔。两者都勤奋，都在为自己的目标做着准备，照理说，他们的成功是必然的。但是，狐狸由于跳得太高而错过了葡萄，大学生因为文笔太美而拍摄技术跟不上要求，也错过了他的追求目标。可见，要想人生成功，就必须对目标有一个坚定而清晰的认识。

为什么后来狐狸能“吃到葡萄”，而那位大学生却带着失败的阴影离开了电视台呢？狐狸在乌鸦的赞美和祝贺声中很快地冷静下来，它很清楚自己想要的不是美言的祝贺而是丰实的葡萄。于是它冷静地分析、思考，终于如愿以偿地吃到了葡萄；那位大学生虽然对自己的梦想充满了自信，但在编辑老师的称赞中，逐渐偏离了原先追求的目标，最终导致失败。这就值得我们去深思了。若你能够在凌乱的生活中保持冷静的头脑去分析、思考，你就能获得更进一步的成功。若你满足于暂时的成就，或者“捡了芝麻”就沾沾自喜，那么，你就只能停滞在离成功还有一点距离的地方，这个地方叫失败。

这篇文章说理形象、生动、深刻，运用对比论证，把事理的正反两方面都摆了出来，让读者能清晰地把握问题的关键，很容易地接受文章的观点。

那些伟大的发明、发现，并非都是经过了漫长而艰辛的探索研究才得到的，很多只不过是发明、发现者对习以为常的生活现象多想了半步的结果。

多想半步

胡守文

马其顿国王亚历山大15岁时，他父亲获得了一匹烈马，许多优秀的骑士做了种种努力，但没有一个人能跨上马去。亚历山大便跟父亲说："只要您允许，我就能驯服它。"父亲答应后，亚历山大走过去。开始，他和别人一样，也是慢慢拉过缰绳，轻轻抚摸马体。就在这时，他突然把马背向太阳，趁马略显慌乱之际，一跃跨上去。马竖起前蹄，飞起后腿，又就地转来转去，可亚历山大却面不改色，镇定自若，终于驯服了这匹烈马。

为什么唯独只有亚历山大能够驯服烈马呢？原来，当人们一味认定烈马难以驯服是因为其性子太刚烈时，亚历山大却比别人多想了半步：会不会有其他原因呢？他仔细观察，发现马害怕自己的影子。所以当他把马转为背向太阳，马看到自己的影子，就胆怯、软弱，亚历山大趁机出击，因此轻易获得了成功。

亚历山大能够驯服烈马，只是因为他多想了半步而已。其实，很多人之所以能抓住机遇，获取成功，甚至创造奇迹，也不过是因为多想了半步。有一个故事：一个人在街头看见一个老妇人叫卖一只黑色的玩具

猫，标价500美元。他用手举猫，发现猫身很重，似乎是用黑铁铸就的。不过，那一双猫眼则是珍珠的，少说也值上千美元。于是，他花了300美元，只买下两只猫眼。他回去后将这件事讲给同事听。同事询问一番后，忙赶过去花200美元把猫身买回来了。这个人很不理解，将同事嘲笑了一番。不想同事不声不响地坐下来，用小刀刮铁猫的脚，当黑漆脱落后，露出的是金灿灿的一道金色的印迹。这猫身竟是纯金做的！原来，同事凭常理推断：猫的眼珠既然是珍珠做成，那猫的全身会是不值钱的黑铁铸吗！他不过是多想了半步，就换来了一笔可观的意外之财！

那些伟人的发明、发现，并非都是经过了漫长而艰辛的探索研究才得到的，很多只不过是发明、发现者对习以为常的生活现象多想了半步的结果。奥地利一个名叫盎布鲁格的医生一次在解剖一个胸腔积液病人尸体时，忽然联想到父亲在经营酒业时，常用手指关节敲击木桶来估量桶中还有多少酒，便萌生了用手敲叩病人胸部根据音响来做诊断的大胆想法。后来，他发明了“叩诊”方法，而这种诊断方法一直沿用至今。

医生可以比常人多想半步，科学家更是留心点滴的高手，有一次，爱因斯坦在爬梯子时不慎失足摔了下来。一般人摔倒了就只知疼痛难忍，而爱因斯坦却对摔倒这种寻常的现象多想了半步，从身体笔直坠地的偶然现象中，领悟、发现了物体总是沿着阻力最小的方向运动这一重要的力学原理。

不过是多想了半步，说来难以置信，但成功的秘诀就是如此简单。

让我们凡事也多想半步吧。只有那样，才不会与机遇失之交臂，才有可能赢得更多的成功！

多想半步 迈向成功 ◎揭银霞

看了这一篇文章，我得到很大的启发：人应该善于思考，多思是我们发现问题、走向成功不可缺少的一步。

文章始终紧紧抓住“多想半步”来行文。面对一匹烈马，许多优秀的骑士做了种种努力，但结果都失败了，唯独年仅15岁的亚历山大能够驯服烈马，为什么？因为他比别人多想了半步。很多人之所以能抓住机遇，获取成功，甚至创造奇迹，也不过是因为多想了半步。那位“同事”之所以换来了一笔可观的意外之财，也是他凭常理推断多想了半步之故。多思可以成功，离开思考是否也可以成功？回答是否定的，因为只有多思才能在人们司空见惯、习以为常的事件上发现问题，找出问题的症结所在，寻到解决问题的方法。

那些伟大的发明、发现，并非都是经过了漫长而艰辛的探索研究才得到的，很多只不过是发明、发现者对习以为常的生活现象多想了半步的结果。一般摔倒了就只知疼痛难忍，而爱因斯坦却发现了物体总是沿着阻力最小的方向运动这一重要的力学原理。苹果熟透后，就会从树上掉下来，而牛顿却对这种寻常现象多想了半步，从而发明了万有引力原理。难道只有爱因斯坦、牛顿才能发明创造吗？不，其实我们每个人都可以成为发明者，只不过是我们安于平常，没有多想半步。如果盎布鲁格医生在解剖时，没有联想到父亲在估量桶中还有多少酒时，用手指敲击木桶的细节，就没有“叩诊”方法的诞生。

如果想要成功，就要像作者说的那样多想半步。我们要明白，成功不会从天上掉下来，而需要你多思，再付之行动，用实践印证自己的设想。只有这样，才不会与机遇失之交臂，才有可能赢得更多的成功！

此文构思奇巧，能于平凡中发现生活真谛，估计也是“多想半步”的结果，故能引人入胜。

一个人的自卑，事实上是自己不断地打击自己。

扔掉自卑

刘恒菊

朋友跟我闲谈，说起他高中读书时的故事。

朋友家境贫寒，读高一的夏天，他的上衣只有一件。每个星期天，在寝室里，他光着上身，将唯一的上衣清洗干净，然后晾在外面，自己就窝在床上，等待上衣晾干接着穿。

高一下学期，他的眼睛近视了。买不起近视眼镜，上课时全靠耳朵听，读书写字时头都要深深地低下去。走在外面，他怕看不清熟人不知道打招呼，干脆也把头深深地低下去。时间稍长，他就有些驼背了。

后来，他弄到一副旧眼镜，是一个同学淘汰不用的。没想到，在一次打球时，他被同学撞了一下，旧眼镜跌落下去，还好，只是跌断了一条眼镜腿。上课时，他就用一根绳子代替了眼镜腿。

经常不换的旧衣服，矮瘦驼背的身材，一根绳子拉起的破眼镜，这样的形象让他自卑不已。他郁郁寡欢，喜欢一个人独处，害怕在公共场合露面。自卑像沉重的石头，压得他抬不起头。一次，当他得知，自己在全年级考试中获得好名次时，他心里很高兴，可听说还要在全校师生面前领奖时，他没了精神。害怕在众人面前暴露悲惨形象，学校开颁奖大会时，他偷偷溜走了。

大会散了。他还坐在校园池塘边，心烦意乱地朝水里扔石子，恨不得连自己也投到池塘里去。不知什么时候，他一回头，看见了班主任魏老师。魏老师的手里，是他没胆量去领的奖状。面对慈祥的魏老师，他无法隐瞒不领奖的原因。

魏老师静静听完他的心声，就拉着他坐到池塘边。魏老师也不说话。竟然像他刚才那样，一颗接一颗向水里扔石子，水面不断扩散开去。看着他不解的样子，魏老师停了手，指着水面，微笑着说："你看，水面渐渐恢复平静。一个人的自卑，事实上是自己在不断地打击自己，就像刚才朝水里扔石子，你不住手，水面就无法平静。你的内心不停止自卑，一层一层的伤害也就不会停止。"

最后，魏老师把奖状捧起来说："你是要扔掉这些奖状呢？还是扔掉你的自卑？"朋友很感动，他把奖状接过来，紧紧搂到怀里。

现在已是大学教授的朋友，感慨地说："我常常在课堂上，对年轻人说，要把自卑彻底扔出体外，停止一切不必要的自我打击。只有这样，才能拥有积极向上的健康心灵。"

扔掉包袱 战胜弱点 ◎ 唐玉柳

此文题目"扔掉自卑"，典型、有创意。让读者看了有一种摆脱心理障碍的感觉，似有一股无形的力量引导读者怎样去扔掉自卑，激励人们走向健康的心灵世界。

文章以一个真实的故事引出"自卑"的话题。因为自卑在心灵深处隐藏着，让人无法摆脱它的阴影。也正是因为它的存在，有些人本来可以放开一切，用微笑迎接别人的赞赏，可是自卑的阴影也随之涌出；有些人本来可以放开一切，在人生的舞台上表现自我，展现自我，可是自卑的阴影也随之侵入，令人不得不受它的束缚与禁锢。

"一个人的自卑，事实上是自己不断地打击自己。"文章单刀直入，直

接揭露出人性的弱点。自卑的确如"向水里扔石子,你不住手,水面就无法平静。你的内心不停止自卑,一层一层的伤害也就不会停止",运用的比喻很切实。《圣经》上说:"上帝关了一扇窗,又会打开另一扇窗。"这话不无启迪,我们根本就不必要为自己的平庸或者丑陋之处而自卑,只要善于发现,你完全可以从这些自认为丑陋或平庸的缺陷中找到自己最有价值的东西。

世界上没有两粒完全相同的沙子,没有两片完全一样的树叶——自然,更不会有两个毫无差异的人。不必苦心孤诣地追逐"完美",以至于失去真实的自我。请时刻牢记:"要把自卑彻底扔出体外,停止一切不必要的自我打击,只有这样,才能拥有积极向上的健康心灵。"

Part Seven 人生冰火

冰给人冷静，火给人热忱。

冰覆盖之处，不见本体，但能引发我们深层的思考；火燃烧之处，一片狼藉，但能把社会中不值一提的东西铲除。

我们如果把得失看得太重，人生必然布满阴霾。相反，如果我们笑对生活，人生必然会阳光普照，每天都会有好心情。

阿Q的幸福指数

肖相智

近年来，幸福指数越来越时尚。专家说了，幸福指数是人对自身生存和发展状况的感受和体验。大约就是这样的原因，我看鲁迅笔下的阿Q，很贫穷但幸福指数很高。

想象自己应该姓赵，是村里豪绅沾亲带故的本家。而赵老爷认为不配，且当众打了他几个响亮的巴掌，侥幸下手力度不够，腮帮子上没有惊现血花惊艳的图画。但由于这耳光是有钱人所赐，自己的大名就跟着传遍四乡，可有因祸得福的兴奋感。

给吴妈下跪要求睡觉，发现是光明正大行为。男女之间不就那么一点事吗？虽这为道德高尚者不齿，但那是旧时礼教观念在作祟。而如今流行靠爆料隐私而一夜走红的名人多了去了。考虑自己成了闹绯闻造名声的先行者，不免要沾沾自喜！

“和尚动得，我就动不得”，全国人民都知道的名言！摸小尼姑的光头，距离身体下半身甚远，但手上遗留下的柔柔滑腻感，足以让疲倦身子倒在土谷祠乱草堆上睡觉时做梦娶媳妇，不晕也风流。每每回忆起来，有种感觉叫爽！

外出当农民工，安安全全上下班。虽有工头常欠薪，但想起那些找老板讨薪的老乡，往往被黑社会分子暴打致伤致残住进医院。自然要为自己小命的安然无恙而暗暗庆幸。为此，就要多喝二两黄酒，挂一脸微笑睡去。

没有城市户口，一样在城里行走。食常无着落，寝久无私宅，好像连屋檐下的狗蹲权都没有。好在家乡的时候，在大竹杠的不断敲打之下，练就了一身腾挪躲闪的上乘轻功。一直没有被警察或治安人员罚款或扔进收容所里去。如此幸运，大可欣慰。

在众目睽睽中，展示了好汉的彪悍形象。稀里糊涂犯了事，被告之签名，固然画的不太圆，但是自己的亲笔书写，比那些花钱买文凭买官位买名声的家伙们的不道德行为，云泥之别！这样来一把自慰，将愈发扬扬得意！

被划分到弱势群体中，一样化郁闷为快乐。开始感觉很伤自尊，因为在国外艾滋病患者也划入这个群体。阿Q苦恼：我再穷，也不能和性病患者同在一个圈子里。生气了，便大吼戏文：我手执钢鞭将你打……满腔愤怒，瞬时云消雾散。

难以分享庙堂盛典之乐，但可自造坊间之欢。每当游荡到有阳光的地带，就开始窥视衣服夹缝里的虱子，抓住一个就放在指甲间猛力相对，“滋”的一声清脆悦耳。虽动作挺龌龊，但快乐油然而生。

乡下人看世界，有惊奇更有乐趣。死了亲人不悲伤，死了阿狗阿猫哭天抹泪，莫非这狗这猫是这人的狗妈猫姐吗？这样的新鲜事，当然要比瞧见“假洋鬼子”的扮相还感觉可笑。回到村里眉飞色舞当笑话讲，自己不开心也难。

动用“无影脚”的武功，显摆江湖大侠的豪迈。瞅着城里的狗不如村

里的看门狗顺眼，便飞踢过去，过一把功夫瘾，没有一次被逮住，让狗主人强逼给狗下跪。出脚神速，闪如脱兔，躲到某个犄角旮旯里，当然要抿着嘴偷偷乐！

硬唱凯歌当做胜利，自感是智慧人生。认为老外是白痴，国人到欧美拿绿卡是傻逼，地球村人不来未庄享受生活是脑子进了尿。一天到晚乐呵呵的，幸福指数能不高吗？阿Q思忖至此，自然情绪亢奋，头顶上的癞疮疤涨红了。难看，但是很阳光！

阿Q为你打开另一个世界 ◎尹雪珍

我们如果把得失看得太重，人生必然布满阴霾。相反，如果我们笑对生活，人生必然会阳光普照，每天都会有好心情。《阿Q的幸福指数》就给我们展示了后一种人生。

鲁迅笔下的阿Q，他的精神胜利法使他的幸福指数非常高，因此，他是幸福的。当今，社会虽然不断在进步，生活质量不断在提高，可是，人们的幸福指数却越来越低，现代人越来越感到不幸福。我们都在努力寻找着自己的幸福感，但总感觉到很难。为什么呢？在竞争激烈的21世纪，我们都被无形的压力压得透不过气来，感到身心很疲惫。我们每个人都不懂得自我安慰，不敢坦然地笑对人生。笑对人生，是一种境界，在纷繁复杂的尘世中，我们不妨拥有一点阿Q精神，或许阿Q会为你打开另一个世界。

本文没有把主题思想直接表达出来，而是把深刻的道理蕴藏在阿Q的身上。运用了影射的手法，表面上赞赏阿Q的幸福指数高，其实却在无形中影射了现代人幸福感的严重缺失。影射手法的运用，使文章更具深度和思考性。文章还采用了讽刺和幽默的写法，特别是从分析阿Q的幸福指数的例子上，文字幽默中带有讽刺，在善意的微笑下，揭露了现代人的缺失点，使人警醒。

当一潭清澈见底的心灵被假言假语弄得浑浊时，要有泾渭分明的壮举；当那一潭沙石可见的心灵被漾起圈圈涟漪时，要有魔力将它抚平，别让你的心灵干涸，永远守候着心灵那一潭圣水。

有用的人

王鼎钧

哥哥是教授，弟弟是律师，哥俩工作生活在两地，平时不常见面。一天，哥哥来看弟弟，弟弟正在怒气冲冲地研究一份文件。

“你看他们这样利用我，我要告他们！”

哥哥看见的是一家孤儿院向社会募捐的启事，下面发起人里面有弟弟的名字，而这位律师显然事先并不知情。哥哥对着大发雷霆的弟弟喷烟圈，眼睛望着天空，半天，开始说话：

“还记得吗？母亲一直勉励我们要做一个有用的人。”

“当然记得。我一直在这样努力。”

“什么叫做有用的人？”哥哥问。

“学问充实，品格端正，身体健康，能主持公道，维持正义。难道这有什么不对吗？”弟弟反问。

“当然对！但是你只知其一，不知其二。所谓有用的人就是一个有资格被人利用的人。恭喜你今天被人利用，这证明你的奋斗已经大有成就！”弟弟茫然不解。哥哥对他说：“功业愈大，名望愈高，愈难免受人利

用。怕人利用的人成不了大事。”

弟弟逐渐心平气和：“那么我该怎么办？”

“把这家孤儿院的院长请过来，支持他募捐，并且帮助他建立制度，好好保管、运用这笔钱。”

我们的价值观怎么了？ ◎周　鹏

什么是有用的人？是学问充实，品格端正，身体健康，能主持公道，维持正义的人吗？是的，但还不够，还不符合最根本的价值理念。在物欲横流的今天，一些人增添了关键的一招：所谓有用的人就是一个有资格被人利用的人。本文笔墨不多，却字字铿锵有力，引人深思。

时代在变，思想也在变，但究竟向哪个方面转变呢？这是一个值得我们思考的问题。人，是一根有思想的芦苇。假如你的思想贴近大地，你会有阳光照射，就越感到真实的存在，就会诗意地栖息在大地上。可是，“功业愈大，名望愈高，愈难免受人利用。怕人利用的人成不了大事”；一些人往往被功利蒙住了眼睛，只在乎眼前的利益，看不到远方的路途。我们的价值观究竟怎么了？

我们的双眼长期被世俗所侵蚀，心灵被一己私欲所羁绊。这时，我们要恪守住自己心灵的航线。当一潭清澈见底的心灵被假言假语弄得浑浊时，要有泾渭分明的壮举；当那一潭沙石可见的心灵被漾起圈圈涟漪时，要有魔力将它抚平，别让你的心灵干涸，永远守候着心灵那一潭圣水。

此文短小精悍，却蕴涵着深刻的哲理和耐人寻味的人生启示，从兄弟的谈话中折射出不同的人生观、价值观。我们要做有用的人，而非被人利用的人。

我们必须清楚：天才只属于少数人，我们不需要给自己定下太多的目标，只要找到一个适合自身发展的目标并且沿着它努力前进。

快乐与成功

柯云路

近两年，台球天才丁俊晖和钢琴家郎朗被大规模报道，成为被追捧的偶像。但我认为，他们的成长之路并不值得效仿。对于绝大多数家庭来说，所冒风险太大，一旦失败，家长和孩子都无法承受。此外，大量资料表明，少年天才固然博得了全社会的艳羡，但审视他们的个体成长之路，无不有着太多的泪水和委屈。

一年前，我曾看过对美国摇滚歌星杰克逊的一次访谈，说起自己的童年，他甚至痛恨将自己培养成人的父亲。他缺失童年的玩伴，从有记忆起就经受着严酷的训练和疲于奔命的演出。他说自己没有童年，长大后一直渴望重温童年的快乐。在那些引起世人诟病和猜疑的种种怪异之举背后，我看到他童年生活的累累创伤，从心理分析的角度是令人悲悯的。其实，谁也不能说杰克逊的父亲不爱孩子，他甚至可被称为一个伟大的父亲，将在贫困环境中成长的孩子培养为享有世界声誉和拥有亿万资财的音乐家。

现今中国家庭大多是独生子女，子女不仅承载着一般的社会义务，

在中国强大的传统文化中，还承载着父母以至祖父母们的梦想。每个孩子只有一次生命，童年的时光短暂而且宝贵，这一时期的种种经历往往会埋藏下影响其一生人格的重大情结。在阳光下健康快乐地长大不仅是童年的需要，也是孩子成年后拥有健全人格的前提。

一位父亲谈起女儿的教育，很是苦恼。他和妻子为此屡生争执。他希望孩子多一点玩耍，别搞得太累，但左右不了妻子的想法。他说，根深蒂固的“唯有读书高”固化在妻子的每一根神经里，一天到晚让女儿学这学那，孩子的天性受到很大压抑。但他又想，让孩子从小受苦，也许不是件坏事。现在约束了孩子的自由，说不定还是一种磨炼呢。他问我到底应当采取什么样的态度？我告诉他，孩子也生活在现实中，应对现实的本领肯定是需要的。关键要把握一个度，“适当”才好。孩子上学了，成绩不好，同学会歧视，老师也不喜欢，自然谈不到自尊和自信。

我的儿子从小成绩优秀，但上中学以后，对政治及作文课极其厌倦，曾有一度成绩不大理想。问他理由，孩子理直气壮，说政治口号三天两头变化，今天花了很大工夫背诵，明天就可能什么都不是。此外，规范作文的起承转合像八股文，和同学们时尚活泼的表达方式相差甚远。儿子曾拿出他的语文试题让我作答，结果竟令我这样一个作家出了不少“错误”。但我并不希望孩子鄙薄这些课程，因为在当下的教育制度下，这些课程在高考中将和数理化一样计算成绩。我告诉他，考试成绩的好坏将直接影响他能否进入理想的大学，进而影响自己未来的前途。我教给他一些学习方法，比如怎样提高记忆力，怎样归纳和整理，用最聪明的方法和最短的时间将课内功课掌握好，这样才可能用多出来的精力去发展和

实现自己的天性和爱好。

现在许多专家质疑我们的教育制度和教育内容，我也同样有此质疑。然而，教育体制的形成是个长期的过程，不是短期内能够改变得了的，更不是作为个体的家长和孩子所能抗衡的。

还是那个观点，丁俊晖和郎朗的成功没有普遍意义。

成功就是快乐追求 ◎ 尹雪珍

“一分耕耘，一分收获”、“天下没有免费的午餐”、“天上不会掉馅饼”……这些俗语都告诉我们一个道理：付出才会有收获。但付出的前提是必须有压力，有压力才有动力，促使我们努力向目标前进。如何变压力为动力，从而能够快乐地获取成功呢？《快乐与成功》给了我们一个完满的答案。

作者把道理隐藏在文章的叙事当中，使每一位读者读后都会进行反思：既然我们一时不能改变教育体制，何不让自己的孩子改变，让他们在紧张的学习压力下感到身心的愉悦、快乐呢？

现行的教育体制，给学生的压力太大，每天都有做不完的作业，而没有时间去发展自己其他方面的能力。在阳光下健康快乐地成长，成了一种奢望。为什么我们不学聪明一点呢？把学习压力作为提高自身素养的动力，这样，既能高效率地把作业完成，又能发展自己的爱好和特长。另外，我们应该清楚：天才只属于少数人，我们不需要给自己定下太多的目标，只要找到一个适合自身发展的目标并且沿着它努力前进。无论途中遇到多大的困难都不要气馁，将它们化为动力，不放弃向着目标迈步，你会发现，在快乐中取得成功并没有想象那么难。在痛苦中获得的成功是痛苦的，像丁俊晖、朗朗、杰克逊取得的成功并没有普遍意义；我们所追求的应该是在快乐中取得的成功。

动物纯洁、真挚的仁爱，透射在人的眼里，真实地感动着我们。

动物的仁爱

游宇明

一般人都认为，动物只有生理本能，其所创造的种种不可思议的奇迹仅是条件反射，然而，事实却一次次无情地击碎了我们的偏见。

中央 10 台《讲述》曾经做过一期有关天鹅的节目。辽宁省庄河市有一个著名的天鹅湖，每年春天都有几百只天鹅在此栖息。一天凌晨四点，一位野生动物摄影家为了拍摄日出来到这里。见到人，大群天鹅"唰"的一声飞向天空，唯有一只白天鹅似乎特别"英勇"，独自留在尚未完全解冻的湖面上，只是缓缓地挪了挪脚步。摄影家觉得奇怪，退到一个隐蔽的地方。他刚移开脚步，只见一只已经飞到天空的天鹅闪电般返了回来，一步步地朝"留守"的天鹅走去，最后两只天鹅交颈靠在一起，时间一分一秒地过去，半小时、一小时、两小时、三小时、四小时……两只天鹅始终一动不动地依偎着。摄影家此时才明白，那只没有起飞的天鹅生病了，另一只天鹅在安慰它。他给动物救助站拨去电话。上午九点，动物救助站的工作人员将那只最初"留守"的天鹅救走，第二只天鹅才恋恋不舍地重归天空。虽经救助者想尽办法医治，但身患绝症的天鹅还是没有救活，临终时，这只天鹅哭了。没有人可以破译天鹅的眼泪，不过我想：以天鹅的知情知义，它一定想起了艰难中另一只天鹅义无反顾的相助，想起了生命垂危时同伴那令人心碎的不舍！

还有一个真实的故事。有一次，一位湘西汉子将猎枪对准一只正在给小猴喂奶的母猴。母猴受了致命伤，不顾一切地从地上腾起，扑向刚才被它摔在一边的小猴崽跟前，重新抱起幼子，把奶头塞进幼子的口中，一双愤怒的眼睛狠狠地瞪着开枪的人。这个汉子被猴子的母爱感动，把小猴带回家中，精心饲养。小猴有了病，他到处求医问药；小猴长大放归山林，被人捉住，汉子重新赎回……这只小猴逐渐跟他建立了很深的感情。某一天，汉子生意惨败想在山里自杀时，那只在树顶“窥视”他的猴子一把夺过了他手中的农药瓶，把这个湘西汉子救了下来。

从动物对包括人类在内的他者的仁爱，联想到人类这些年来的动物保护行动。我们之所以保护动物，往往基于这样的理念：动物也是生命，只要不对人类造成大的危害，它们就有生存的权利；动物是地球生物圈的重要组成部分，无节制地捕杀它们，会破坏地球的生态平衡。我们唯独很少想到这样一个道理：动物的智慧其实远远高于人类对它们的估价，它们不但懂得彼此善待，还知道用自己的“才能”回报人类点点滴滴的爱心。我们最大限度地保护它们，一方面可以让动物享有同类彼此关爱的权利，另一方面也可以使人类自己的生活获得一份坚实的保障。

世界的温暖永远是由不同生命的互相救援构筑的。

维持朋友的这份仁爱 ◎ 尹雪珍

动物纯洁、真挚的仁爱，透射在人的眼里，真实地感动着我们。游宇明的《动物的仁爱》再一次演绎了这种感动。

作者用了“总—分—总”的写作手法，把动物的仁爱逐步地在读者面前展示。第一段先总写，否定了一般人的看法，提出了事实的根据。第二、三段分别列举两个感动的例子作为根据。第四、五段是总写，重新回

到主题进行深刻阐述。这样的写作顺序层次分明，条理清晰，容易引起读者的共鸣。文章的语言简洁有力。特别是两个例子的叙述语言非常真实、有力，相信每一位读者读后都会触动心灵的最深处。

两只天鹅在困境中互相支持、鼓励，友爱的伟大在它们身上闪耀光芒。受致命伤的母猴把最后的奶汁送到幼子口中，在死的最后一刻也要保护自己的孩子，母爱的伟大在它身上闪闪发亮；小猴懂得感恩，救了汉子，感恩之光照耀着你、我、他……的确，动物的仁爱之光洒遍了世界的各个角落。我们应该效仿它们：同伴之间不但懂得彼此善待，还知道用自己的“才能”去回报别人点点滴滴的爱心。它们是我们最好的朋友，为了维持朋友的这一份仁爱，我们应该好好保护、爱惜我们的朋友。世界的温暖永远是由不同生命的互相救援构筑的，因此，享受温暖，人类也要有“动物的仁爱”。让世界充满爱，是我们永恒的主题。

美丽是可以改变的，目标却是相当恒定的，美丽会退色，目标却永远鲜艳。

每一只小狗都有一个目标

毕淑敏

一对夫妇有两个孩子，一个叫莎拉，一个叫克里斯蒂。当孩子还小的时候，父母决定为他们养一只小狗。小狗抱回来以后，他们就请朋友帮忙训练这只小狗。在第一次训练前，女驯狗师问：“小狗的目标是什么？”夫妻俩面面相觑，很是意外，嘟囔着说：“一只小狗的目标？当然就是当一只狗了。”他们实在想不出狗还有什么另外的目标。女驯狗师极为严肃地摇了摇头说：“每只小狗都得有一个目标。”夫妇俩商量之后，为小狗确立了一个目标：白天和孩子们一道玩，夜里看家。后来，小狗被成功地训练成了孩子的好朋友和家的守护神。这对夫妇就是美国的前任副总统阿尔·戈尔和他的妻子迪帕。他们牢牢地记住了一句话——做一只狗要有目标，更何况是做一个人。

我们常常把别人的期待当成了自己的目标，孩童时，这几乎是顺理成章的。但是，你会渐渐地长大，无论别人的期望是怎样的美好，它也不属于你。除非有一天，你成功地在自己的心底移植了这个期望，这个期望生根发芽，长成了你的目标。那时，尽管所有的枝叶都和原本的母体一脉相承，但其实它已面目全非，它的灵魂完完全全只属于你，它被你的血脉所滋养。

我们常常把世俗的流转当成自己的目标。这一阵子崇尚钱，你就把挣钱当成自己的目标。殊不知钱只是手段而非目标，有了钱之后，事情远远没有结束。把钱当成目标，就是把叶子当成了根。目标是终极的代名词，它悬挂在人生的沙海之中，你向着它航行，却永远不会抵达。你的快乐就在这跋涉的过程中流淌，而并非把目标攫为己有。从这个意义上说，钱不具备终极目标的资格。过一阵子流行美丽，你就把制造美丽保存美丽当成了目标。殊不知美丽的标准有所不同，美丽是可以变化的，目标却是相当恒定的。美丽之后你还要做什么？美丽会退色，目标却永远鲜艳。

有人把快乐和幸福当成了终极目标，我觉得这也值得推敲。快乐并不只是单纯的快感，类乎饮食和繁殖的本能。科学家们通过研究，发现最长远最持久的快乐，来自于你的自我价值的体现。而毫无疑问，自我价值是从属于你的目标，一个连目标都没有的人，何谈价值呢！

一棵树的目标也许是雕成大厦的栋梁，也许是撑一把绿伞送人阴凉，也许是化做无数张白纸传递知识，也许是制成一次性筷子让人大快

朵颐……还有数不清的可能，我们不是树，我们不可能穷尽也不可能明白树的心思。我们是人，我们可以为自己确立一个目标，这是做人的本分之一。

有一位女子曾经说过，出名要趁早。我看，确立目标要趁早。

确立目标 实现价值 ◎ 袁小娟

这是一篇短小精美的杂文，具有很强的感染力和哲理性，作者采用以事明理、寓理于事的写法，揭示事物内在的道理，给读者以一种深刻的启示及感悟。

文章是由一对夫妇为他们的孩子养一只狗开篇的。当驯狗师问起这只狗的目标是什么时，这对夫妇很意外："小狗会有什么目标？"然而驯狗师告诉他们每只小狗都得有一个目标。读者看到这里颇有兴趣，想知道问题的答案。这是设置了悬念。于是，这对夫妇就为小狗确立了一个目标：白天和孩子一起玩，夜里看家。后来，小狗被成功训练成孩子的好朋友和家的守护神。作者通过这个事例来推论出：做一只狗要有目标，更何况是做一个人。接着，作者由此对一个人的目标进行了议论、分析：我们常常把别人的期待当成了自己的目标，在孩童时，这几乎是顺理成章的。但是，人会渐渐地长大，无论别人的期待怎样的美好，但它不属于你，除非你成功地在自己的心底移植这个期望，这个期望就会生根发芽，长成你的目标。有的人把别人的期待当成自己的目标，或者把世俗的流转当成自己的目标。这一阵子崇尚有钱，就把挣钱当做自己的目标，过一阵子流行美丽，就把制造美丽、保存美丽当成了目标。这些是不明确的，钱只是手段而非目标；美丽是可以改变的，目标却是相当恒定的，美丽会退色，目标却永远鲜艳。作者还推敲了有人把快乐和幸福当成了终极的目标，最长远最持久的快乐是来自于你的自我价值的体现，而自我价值的实现是由确立一个目标开始的。一个目标都没有的人，何谈价值。作者从多方面来谈论目标，阐明了我们是人，我们更应该为自己确立一个目标，这是做人的本分之一。最后，作者写出了自己的感悟——“确立目标要趁早”来总结全文。

此文用精彩而富有哲理味的故事引开议论，故能引人入胜。对确立目标这个问题进行细致入微的分析，说理充分透彻，构思别致，韵味无穷，给人一种深刻的领悟。

亲情是一种力量，是一种比爱情更持久、更内敛而热烈的力量。

亲情的力量

佚　名

美国大兵在赴伊前线前和自己的妻子、儿子拥抱。电视中播放了登机前半个小时的画面。那全副武装的士兵拥着妻子，迷茫的眼中有泪。

那个画面就一直留于脑中，很少见过侵略者的眼泪。

在美伊开战的二十多天中，全世界都看到了伊拉克人的顽强，美国武器的强大和不可抗拒，美国大兵的胆小怕死。

但，我喜欢这样的“怕死”。

做客央视的军事专家说，美国人的自我感觉太好，他们总是认为自己的命很值钱。

我不想从战争和军人的角度去分析美国士兵的怕死，从自己的情感去揣测，这样的怕死理所当然。

从良知上说，他是侵略者；从个人说，他是无辜者；从家庭来说，他是

丈夫和父亲,他的身后是浓浓的亲情之爱。这一切,如何让他不怕死。

他们的命真的很值钱,因为他们身后有爱。

多年前的一部电影《高山下的花环》中,有个叫靳开来的人,他在为战友献出生命之后,战友整理他的遗物时,发现了一张全家福。

这个画面就一直被我记忆下来。我总是在想,靳开来在灵魂离去的时候,他想的是什么?

我想不该是战争、祖国这样的词汇,它应该是妻子和那个虎头虎脑的儿子。每念及此,我就为靳开来欣慰。

20 世纪末,一位二战士兵在太平洋的一座孤岛上被发现,他在岛上生活了 53 年。53 年前,他的战舰被日本战舰击沉,他只身一人游到这座孤岛上开始了"原始人"的生活。

回国后的老兵已经丧失了语言能力,他带回来的东西只有一张发黄的照片,照片上有他的妻子和女儿。他唯一能说的几个单词就是女儿和妻子的名字。

53 年的"原始"生活,应该有许多种死法,但是那张照片却没让他死去。

亲情是一种力量,是一种要比爱情更持久、更内敛而热烈的力量。

人间亲情最是宝贵 ◎ 冼康彬

此文主要用几个事例说明了亲情的可贵和亲情力量的伟大。

"亲情"这是一种多么神圣的情感啊!它既像一幅多彩的图画,当你拥有它的时候,你的心中满是幸福和快乐;当你失去它的时候,你的心中只有无穷无尽的孤独和痛苦。

其中,有一个地方使我深深地感动。二战中的一位士兵在太平洋的一座孤岛上生活了整整 53 年,才被人发现。是什么力量使他一个人在岛上生活了这么多年呢?本来他在这 53 年的"原始"生活中应该有许多种死法的，但，就是那张照片使他勇敢地活了下来。这就是亲情的力量。为什么亲情会有如此大的力量呢？

也许你还不相信，究竟是真的还是假的呢！那就请你往下看，也许你就会明白了。

在一个山村里住着一户人家，他们生活得很幸福。突然一天下了一场大雨，雨水冲垮了房屋，正当他们向外面跑时，一堆山泥把他们埋没了。父母亲为了能让儿子活下来，他们做了一个伟大的决定，父亲托着母亲，母亲托着儿子。最后终于被人们发现了，那小孩奇迹般地活了下来，但他的父母就长埋在泥土中，这是一个多么感人的情景啊！

看完这个事实，你相信了吗？

的确，亲情是一种力量，是一种要比爱情更持久、更内敛而热烈的力量。

此文取材生活，立意也浅白，给人一种平实之感。但由于选例典型，议论恰到好处，加上语言饱含激情，为文章增色不少，于是有了一种震撼心灵的力量。

七色的世界造就了七彩的人生，人们活累了，活腻了，是因为没有看到自己的价值。我们应该怎样对待生活？

活着的滋味

谌　容

第一个人说：活得太累了。没完没了的解释，无休无止的小心，成年

累月为别人活着，为人子、为人夫、为人父、为人同事、为人哥儿们、为人“喽啰”、为人“头头”。看别人的脸色，讨别人的喜欢，避别人的忌讳，给别人以好感。摇旗呐喊，插科打诨，不想笑要笑，哭不出来要哭……累了，太累了。

第二个人说：活腻味了。爱过了，恨过了，哭过了，笑过了，乐过了，苦过了。金银财宝，身外之物；功名利禄，过眼云烟。香酥鸡、肯德基、道口烧鸡，大同小异。长城饭店、昆仑饭店、建国饭店，千篇一律。台球、保龄球、高尔夫球，无非是球。人生不过如此，该收场了。游戏人生，我够了。你们爱玩儿玩去吧，别拉扯上我。

第三个人说：怎么能这样对待生活！怎么能说活得太累，怎么能说活得太腻？在这大变革的年代，难道你们就没有一点社会责任感？人生在世难道就为自己活着！我们的国家能有今天，这容易吗？同志们，振兴中华，匹夫有责，开放改革，重担就落在你、我、他身上。我们应该对社会负责，对国家负责，对后代负责，否则就是犯罪。振作起来啊，前进！

第四个人说：你有什么资格教训别人？你是活得有滋有味，轻松活泼。坐着公家的小车，住着公家的小楼，吃着公家的宴会，三天两头上电视，仨月俩月出趟国。你当然可以大谈社会责任感。可你自己呢，你有多少社会责任感？

第五个人说：何必那么激动！你以为当官那么愉快，你以为当官的都活得挺舒坦？没有那事儿，官场不好混。左右逢源，上下照应，按下葫芦起来瓢，没金刚钻还真揽不了这瓷器活儿。别瞧着当官的就有气，别瞧着当官的号令就腻烦，人家也有一本难念的经，就说社会责任感吧，他当官的不说谁说？

第六个人说：算了，都别嚷嚷了。树林子大了，什么鸟都有，人跟人哪能都一样？不把社会责任感挂嘴上的，有的未必没有社会责任感，有的也确实没有社会责任感。把社会责任感挂嘴上的，有的确实有社会责任感，有的也未必有社会责任感。

第七个人说：算了，算了，管它呢，反正都得活着。活着就得吃喝。吃喝就是消费，消费就刺激生产。更何况，吃了喝了还得拉还得撒，拉了撒了就为社会增加了肥料。走，喝二两去。

第八个人说：……

活着，为了什么

◎ 王雯丹

人们在七嘴八舌地讨论着"活着的滋味"，有的人说活累了，也有的人说活腻了。大家都在诉说着自己那本难念的"经"。可是，却没有人说起，我们活着，到底是为了什么？这是文章留下给读者思考的问题。

"活着的滋味"可谓是酸甜苦辣，样样俱全。

活累了，整天为别人而活，想笑不敢笑，想哭却哭不出。这一切，是为了什么，难道就只是为了别人而活吗？人哪！那你也太可悲了，活了一辈子，却没有为自己活过一天，直到死的那一刻都在为别人而活，难怪你会累了。

活腻了？那你这一路是怎么活过来的？难道你就不会回过头去看看自己的脚印吗？不会总结历史的人只会止步不前。于是，你学会了游戏人生。

七色的世界造就了七彩的人生，人们活累了，活腻了，是因为没有看到自己的价值。在《活着的滋味》中，我得出了这样一个问题：我们应该怎样对待生活？人生短短数十寒暑，几十年一眨眼就烟消云散了。活了一辈子，我们究竟为这个世界留下了什么？既然我们都只是平凡中的一员，那就别想着流芳百世。人人都有各自的活法，我们为何一定要为别人而活，而不是为了自己？幸福的人生是需要自己去追求的，无论是国家主席还是平凡百姓，各有各的活法，只要活得快乐，活得自由，那就是幸福。

文章通过几个人的对话，体现了不同身份的人对生活的不同追求，我们赤裸裸地来，难道我们还要赤裸裸地去吗？活着，究竟是什么滋味？我想各人都会有各自的体会，或许是酸的，或许是甜的，或许是辣的，可

是谁又曾想过，我们活着，究竟是为了什么？

此文于平凡生活中挖掘主题，于常人不经意间发问，犹如当头棒喝，能让庸庸碌碌中迷失心性的人们幡然醒悟。

张牙舞爪，鳞甲森森的龙，外形就像一条大蟒，眼睛冒火，鼻孔喷烟，爪硬如铁，它给人类带来的灾难数不胜数。

龙在我的心目之中

周　实

英雄所见略同的快感，或者说是狗熊也行，有时也是有体会的。

譬如龙。我与钟叔河先生就有极其相近的看法，甚至可以说是相同。

叔河先生在其新著《学其短》中如此看龙：

“龙这个东西，不管创造者如何美化，总是不大好看的。所以高明的画师需用云遮掩它，能表现一点飞腾的动感，便很不错了。若是像美国唐人街上做标志的那样张牙舞爪，整个一个鳞甲森森的大蜥蜴，越是活灵活现，越使人恐怖厌恶，真不知为什么有人硬要将这只伪劣的爬虫奉为祖先，硬要将自己说成是它的‘传人’。”

我就怕做它的传人。

我一想到我的祖先竟是这样一种动物，心里面就充满沮丧以及无穷无尽的郁闷。

龙在我的心目之中，只是一种强权的象征，一种残暴狰狞的象征。

龙在中国代表什么?代表的只是历代皇帝。

龙床、龙椅、龙袍、龙杖、龙庭、龙旗、龙子、龙孙、龙的天下……

是人只要沾上龙字，就是所谓的真龙天子，就似乎有了欺负人的权力，就似乎有了统治人的权力。

喜欢龙的只有皇帝以及那些跋扈的官吏。

至于他们喜欢的顺民成为所谓龙的传人只不过是奴隶而已。

我是不愿做奴隶的。谁也不愿做奴隶。

如果被迫成了奴隶，成了所谓龙的传人，终归只是被迫而已。

被迫喜欢是假喜欢。假喜欢若碰上真龙，必定会被吓得半死，就像那个号称喜欢龙的叶公。

好龙对于叶公来说，确实成了他的基因，这种基因使他成为一种典型的龙的传人。

也有叛逆者，只是非常少，比如小哪吒，天不怕，地不怕，剥龙鳞，抽龙筋，搅得四海翻腾不宁。即使是剔骨还父，哪怕是剜肉还母，他也铮铮，宁死不从。我想恐怕只有孩子，只有哪吒这样的孩子，才会如此不怕龙的。

故事中的龙，确是可怕的。外形就像一条大蟒，眼睛冒火，鼻孔喷烟，爪硬如铁。有的一个头，有的几个头。不是吞食童男童女，就是带来水涝洪灾。任何人敢靠近它，都会被吃掉。它的周围全是骷髅，全是断骨，全是残肢。这是那些试图反抗结果失败的人的骨骸。

现实生活中，龙就不同了，它的本质虽没变，外表却是变了的。有时甚至变成人，平平常常、普普通通，也是一个头，也是两脚踵。不同的是它的眼睛，有时突然又阴又暗，有时突然又亮又明，犹如在催眠，使你头发晕。它的手也软绵绵的，似乎里面没有骨头。从那嘴里飘出来的不是蜜

意就是柔情:你好……你好……幸会……幸会……不成敬意……久闻大名……你若迷惑了,也就完蛋了,精气神就蒸发了。

世上是否也有好龙,就像皇帝也有好坏——大旱之年,行云布雨,普降甘霖?也许,也许——确实,确实——不过你要烧香磕头,献上六畜,祈祷许愿,求它可怜,让它开恩,承认你是龙的传人。

龙的传人　龙的悲哀

◎ 周翠彩

真龙,在这个现实的社会没有一个人见过。现在的世界真的有龙吗?我不知道。在古代,历代的皇帝都自称是真龙天子、龙的传人,由此可知,所谓龙的传人,只不过是继承龙的权力罢了。

"龙是一种强权的象征,一种残暴狰狞的象征。"不错,皇帝自恃是龙的传人,就天不怕地不怕欺压百姓,胡作非为,喜欢龙的还有那些飞扬跋扈的官吏。似乎只要能沾上龙字,就有了欺负人的权力,就有了统治人的权力,谁都不能反抗龙,否则,将会遭到龙的谴罚。

张牙舞爪,鳞甲森森的龙,外形就像一条大蟒,眼睛冒火,鼻孔喷烟,爪硬如铁,它给人类带来的灾难数不胜数,要不就吞食童男童女,要不就带来水涝洪灾,要不就是大旱之年,人类已经被它摧毁,狼狈不堪,尽管如此,真不知道为什么还会有人硬要将这残暴的龙奉为祖先,还要承认是它的传人。

此文中的"龙"其实是有象征意义的,它象征了权力和利益,象征了人的虚伪、狡诈、凶恶、残暴……总之,种种的劣根都在它的身上。在这现实生活中,龙虽然不在了,只留下了种种的传说,可它的本质尚在,这些东西随着传说潜入了人的意识之中。于是,"龙"化身为人了,每个人都成了龙统治天下的工具:貌似平和,其实粗暴;貌似温柔,其实残忍;貌似忠诚,其实狡诈;貌似友好,其实仇视……皆是"权"与"利"使然!

"龙"啊,你什么时候不再长居中国?人啊,你什么时候才会觉醒!

Part Eight 社会档案

当我们无法解释现实的困惑时，与其苦苦思索，倒不如给社会提供一个案例，彻底解剖。这就等于给自己一个反省的机会，帮助自己破解谜团。

如果我们真了解屈原，真能在衷心地纪念屈原，第一我们绝不要把他看做一个诗人，第二要赶紧使现代的屈原不再自杀。

应该怎样纪念屈原

施蛰存

众女兴谣诼，高文见苦辛。
哲王终未悟，浊世若为亲。
九死三湘水，千秋一放臣。
平生怀美政，何意作诗人？

这首五律是前年偶读离骚时作的。自从诗人节被规定下来之后，屈原之为诗人，历史上又多了一个证件。年年今日，文艺界的善男信女又得忙着开会纪念，给一些从来不关心文艺的达官贵人，贩夫走卒，豪商富绅，劳农织女，乃至走私运土，侑觞卖笑之流，大声疾呼地提醒一下：不要忘记了我们的大诗人屈原啊！

汉魏时代，知道屈原的人不多，但每人皆知道屈原是一个在政治上不能见容于楚国的忠直之臣，他之所以为诗人，只是在无可奈何中“援天引圣，以自证明”而已。所以提起屈原，“莫不慕其清高，嘉其文采”。赞语必须将他的行事与辞赋同时提到，清高第一，文采第二。晋宋而后，直至明清，屈原虽然始终是一个未曾过时退色的大文豪，而且知道屈原的人也格外多了，但他的离骚却成为风流才子的下酒物。“嘉其文采”也已经走进了邪路，“慕其清高”者也就渺然了。现在呢，印刷既方便，宣传又热烈，知道屈原的人可谓已经遍地皆是。“屈原是我们的大诗人，等于人家的但丁、莎士比亚、歌德”，人人会这样说。不错，人家有什么，我们也有什么，于是屈原在20世纪也还是一个挺时髦的人物，他是被用来作为替中国争取文化上的国际地位的帮闲诗人了。

诗人节愈热闹，诗人却愈孤独了。

我怀疑屈原是否愿意与但丁、莎士比亚和歌德同坐在一个国际享堂里共受膜拜。屈原从来没有自居于一个诗人，没有写万行长诗的企图，也从来没有像杜甫那样地悲呼“文章憎命达”。他是因为命蹇才写文章的，并不是写文章以求命达的。屈原一生，始终在希望自己国家政治修明，至少要能够与暴秦抗衡，不受侵略。纵然自己不能执政当权，一展其抱负，也希望在位者能砥砺奋发，不贪污，不腐化。然而他终于失望了。失望之后，才写文章。这些文章是他的“苦果”，不是他的“武器”。所以这些文章当然也不会发生积极的作用。于是他只好自杀了。

屈原的自杀，是以一个被放逐的忠臣的身份自杀的，一点也不是一个失意诗人：

既莫足与为美政兮，
吾将从彭咸之所居。

他自己说得很明白了。我的诗意只在指明这一点，故曰：“平生怀美政，何意作诗人？”屈原既不自认为诗人，我们为什么把他硬拉在一批逢人送行卷，或凄凄惶惶专找公爵伯爵做护法主人的无聊文人队伍中去呢。

把屈原的诗人身份提高，无形中就是把他的忠臣身份淹没了。大家闹嚷嚷地纪念屈原，很可能把他变做头戴月桂冠的楚国朝廷里的弄臣，

屈原之灵有知，也该后悔当初干脆不必写下那些抒哀的辞赋了。

一个积极地与黑暗政治环境斗争的文人，当他知道终于不能获得胜利的时候，这悲哀是何等地深沉，何等地可怜。一人之得失成败，所关系者小；一个国家一个民族之从此被决定了覆亡的命运，这可不是小事。屈原之自杀，不是为了他个人之失败，而是为了他不忍看见楚国之日趋覆亡之途。有心人在这样的场合，当然非自杀不可。但是中国文人，自古以来能了解此意义者，似乎很少。儒家虽然有杀身成仁，舍生取义的积极态度，但孔子也还说过一句“道不行，乘桴浮于海”。如果孔子而为屈原，我想也许还不至自杀，而宁愿遁迹海外的。司马迁对于屈原的了解，又更远了。他说：“以彼其材游诸侯，何国不容，而原自令若是。”啊呀，这样说来，屈原之自杀，竟是傻透了，在楚国做不到官，难道不能到齐秦三晋去钻营吗？中国士大夫的见解和抱负，从汉以来就这样地只关心着自己一身之得失，则虽为名臣廉吏，亦尚且不足以接武前修，屈原的悲哀，到底有几人能了解呢？

如果我们真能了解屈原，真在衷心地纪念屈原，我们第一绝不要把他看做一个诗人，第二要赶紧使现代的屈原不再自杀。愈把屈原标榜作我们的民族诗人就是愈侮辱了屈原。只管纪念死了已久的屈原而不去援手一个快要自杀的“屈原”，就是丝毫没有纪念屈原。屈原早已死了，

楚国也早已亡了。历史上的陈迹是无法翻案的。每一个时代的人都纪念死去的屈原，而同时又都嫉妒他同时代的“屈原”，这史实也重复地显现到如今，我们有什么理由可以自解呢？“及荣华之未落兮，相下女之可治。”愿纪念屈原者，三复此言。

我们离屈原很远很远？ ◎周 鹏

屈原，我国伟大的爱国诗人。在投入汨罗江以身殉国后，纪念屈原的活动搞得轰轰烈烈，其目的就是要提醒大家：不要忘记了我们的大诗人屈原啊！然而，诗人节愈热闹，诗人却愈孤独了。本文敲响了我们该怎样纪念屈原的警钟，“如果我们真了解屈原，真在衷心地纪念屈原，第一我们绝不要把他看做一个诗人，第二要赶紧使现代的屈原不再自杀”。

梁启超曾说过，如果生在中国，不读楚辞，不理解楚辞，枉为中国人。我们离屈原很远吗？是的。这种远，不仅是时空的遥远，更是精神的遥远。

纪念屈原，并不是把注意力放在屈原的投江自杀，而是纪念他那种面对国家、民族灾难，奋身抗争的精神，被要挟的时候还保持一种民族的气节。当今，许多人只注重眼前利益，心态浮躁，我们非常有必要通过这个纪念活动，发掘和倡导屈原精神。那我们该怎样纪念屈原呢？愚以为，应该景仰屈原的爱国情怀，不与污浊之辈沆瀣一气，然后做点实事，哪怕事情很微不足道。

文章从屈原的一首五言律诗说起，纵观古今，社会各界纪念屈原的方式，以屈原的种种事迹、诗句、真实的内心世界等讽刺了闹嚷嚷的纪念方式。再从中国士大夫对屈原的曲解，道出了屈原的悲哀。本文结构缜密，把纪念屈原的种种之痛逐步阐述，以追问众人的形式环环相扣，主题深远，哲理浓厚。

小孩世界的成人化，失去了本有的天真烂漫，稚嫩的心灵过早接受世俗化而变得成熟，这是一个非常严重的问题。

让梨之难

陈志龙

世事变迁，许多曾经被认为是经典的东西，现在往往遭到了颠覆，比如被认为儿童教育的经典案例《孔融让梨》。

国人善于塑造典型人物，为此常常自觉不自觉地充当编辑。《孔融让梨》的故事，大多数人知道的版本是这样的：有一天，孔融一家老小集中吃梨，孔融被授予优先“选秀权”。他出人意料不挑大的，只拿了一个最小的。他爸爸看见了，暗自高兴，儿子才 4 岁就这样懂事。他问孔融：“这么多的梨，你为什么不选大的，只拿一个最小的呢？”孔融答曰：“我年纪小，应该拿个最小的，大的留给哥哥吃。”

故事讲到这里，孔融的道德品质就被凸显出来，我们的教育家一剪刀下去，“咔嚓”了后面他们认为画蛇添足的部分。孔融其实有 5 个哥哥，一个弟弟。所以父亲又问他：“你还有个弟弟呢，弟弟不是比你小吗？”孔融答曰：“我是哥哥，我应该把大的留给弟弟吃。”他父亲听了，哈哈大笑：“真是一个好孩子。”

如果这样一个尾巴被广而告之，孔融的形象无疑大打了折扣，按逻辑上讲这样前后矛盾的回答无异于狡辩。从效果来看，孔融这样回答父亲，突出了自己，岂非陷5个哥哥于不义？

孔融让梨最受争议之处是它不符合4岁儿童的天性，孩子如果接受这样的道德教育，将来固然会成为人才，但多半会成为曹操式的人才——奸雄，这显然不是故事传播者的本意。

针对传统的《孔融让梨》，有高人虚拟了一个美国式的哲理故事。说一个美国孩子，因为接受了类似“孔融让梨”的道德教育，结果长大后成为大骗子，最后进了监狱。而另一个家庭，开明的父母让孩子们通过各种竞赛，优胜者吃大梨，最后孩子们个个成为社会精英。

这样一个故事听起来很符合现代人的思想理念，被广为转载，可是同样经不起推敲。孩子之间如果相差几岁，彼此智力、体力发展水平差距甚大。通过竞赛，小弟弟怎么可能有机会赢大哥哥？这样的竞赛等于宣布大哥哥每次吃大梨，久而久之，小弟弟就会彻底失去信心。

《孔融让梨》难就难在大人们非要使“梨”有很明显的大小区别，非要提醒孩子们注意这种区别，然后做出选择。现实生活中，我们不会把大小差别很大的梨子一起买进来，而天真的孩子们也未必会刻意去比较梨子的大小，然后再拿来吃。孩子是天真的，复杂的是我们这些成年人，我们过早地把成人世界的斗争引入了孩子之中。

孔融让梨中，最值得批评的是刻意考验孩子们的孔父，为什么不能给孩子们天真的权利呢？

把天真还给孩子 ◎ 尹雪珍

小孩世界的成人化，失去了本有的天真烂漫，稚嫩的心灵过早接受世俗而变得成熟，这是一个非常严重的问题。大人们要把天真还给孩子，《让梨之难》敢于对传统作出批判、质疑，说出了我们共同的心声。

孔融让梨的故事是千百年来人们一直称颂的故事。孔融把大梨让给哥哥，这种做法得到了父亲的肯定；把大梨也让给弟弟，这种做法也得到

了父亲的肯定，总之自己吃最小的才是正确的。这种教育方法存在着严重的弊端，小孩子受到了世俗的感染。为了受到表扬，说出一些虚伪的客套话，心灵之土壤逐渐有了成人的足迹，天真没有立足之地。对比之下，西方的儿童受教育的方式确实和中国有很大的差别，他们通过公平竞争，谁赢了就可以吃到大梨，家长们从小就给孩子树立竞争意识。可是，细想一下，本质上是一样的，还是过早地把孩子带入成人的世界，过早社会化，被世俗环境污染的纯洁心灵、童真永远丧失。这是可悲的，把天真还给孩子，家长们何必一定要让小孩子计较梨的大和小呢？就让他们随意地去吃吧，只要他们开心就好。

本文运用了对比的写作手法，把让梨的故事作了中西方教育的对比，从而深刻地把社会弊端一言道破，得出小孩的天真被剥夺这个严重的社会问题。对比手法的运用，使作者所要说明的道理更加突出，易于读者接受。

教师只是悲哀的一角，悲哀的不仅仅是教师，还有孩子们，还有我们的教育，还有我们的社会，还有……

一位农村教师的一天

卢　杰

早上5:30，起床，忙碌完后吃饭。

6:20，去学校，因为学生在7:00到学校，各位老师都想趁早上这段时间为学生进行加课，而正式上课时间是7:50，但为了自己学生的成绩不落后，只能这样了，把所有可能利用的时间都用上。因为这个乡的教育实行考试成绩末尾淘汰的制度，谁教的学生考试平均分如果是最后一名，就要下岗一年，如果发生第二次最后一名，就不能再做老师了。如果考试成绩不好，还要被扣工资，扣得多的可以是老师的一半工资。为了这个，所有的老师和学生几乎把能够利用的时间都用在应付考试上了。只要是与考试无关的东西就不学习。

8:00，今天是收学杂费的日子。大多数学生都交了，但还有几个学生因为家庭困难没有交，学校的财政十分紧张，已经对所有老师说了，哪个学生没有交学杂费，就不能让学生上学，因为在此之前已经有许多学生欠学校的费用，上面拨的教学经费到了学校已经所剩无几，学校已经没有办法了，这样下去，学校就无法正常运转。在没有交学杂费的学生里有一个学习非常好的学生，去年这时候老师已经用自己的工资为他交了学杂费，但今年乡里由于修公路，要求所有老师集资，因此今年老师也无能为力。但看到一个好学生因为没有钱而不能读书，作为一个有责任心的老师，心里十分难过。

11:30，老师和学生开始吃饭，虽然离家都不远，但为了利用中午这段时间，老师和学生都不能回家。

12:10，老师和学生又坐在教室里，老师也不想这样。老师也知道这样对学生不好，但为了自己不下岗，为了自己的工资不被扣，只能这样了。

14:00，因为今天是乡里教委主任儿子结婚的日子，所有的老师必须要给人家喜钱，上次他的儿子订婚时每个老师一百元，这次是结婚，就需要多了，每个人两百元。

17:00，学校放学了，可还需要再加时间为几个学习落后的学生开小灶，因为一个分数低的学生，可以把成绩拉下很大一段。为了生存，老师和学生已经精疲力竭了。

18:00，去诊所打针，因为经常超负荷地工作，大多数老师的身体已经不好了，经常生病。但那可怜的公费医疗，已经被某些人用去大多数，普通老师根本就不够用，去医院太贵，只有去诊所，那里比较便宜。

19:30，回家。带着一天的疲惫吃完饭之后，马上需要备课，批改学生的作业，因为现在的备课是很重要的，而且是每个学期都需要上交备课本。所以每个学期都要重新备。领导们对备课本的重视甚至高于学生和老师。

23:00，终于做完了，老师疲惫地躺在床上休息了，看着早已经休息的丈夫和孩子，她有许多的歉意，因为自己的工作，让他们受了许多的累。

悲哀的不仅仅是教师 ◎ 陈剑波

一位普通的农村教师为了不下岗，为了不被扣工资，为了生存，不得不把几乎一天所有的时间都投入辛苦的工作中。作者用简洁、通俗的语言叙述了一位农村教师的一天。用一位来代表全部，一天来代表一年，形象而生动地描写了老师的苦。虽然从头到尾都是写老师，但是反映的却不只是老师，还有我们的教育体制的问题。

早上5点起床，晚上11点睡觉，连续十七八个小时工作，最后导致经常生病，却没钱到医院看病。这么辛苦的工作没有工资吗？有，可得帮助贫困学生交学费，交各种各样的扣款、集资款、这培训那考试的杂费，还得给领导的儿子送结婚喜钱。多么好的老师啊！她已经为学生付出了所有。无辜的教师们，不得不承担学生所谓的考试成绩不好的严重后果，还要强装欢颜迎合某些领导！读了这篇文章，不由你不发出感慨。农村学校为什么不能给贫困生拖欠学费的机会呢？作者用了一句“上面拨的款已经所剩无几”顺水推舟地揭示了这个问题，揭示了一个中国社会上普遍存在的严重腐败的问题。以一位普通教师的一天，反映了社会上严重的腐败和教育制度的不甚合理，这种以小见大的手法，使文章的构思显得很有匠心。它告诉我们，教师只是悲哀的一角，悲哀的不仅仅是教师，还有孩子们，还有我们的教育，还有我们的社会，还有……

此文结构巧妙紧凑，行文通顺连贯，主题突出，语言简洁有力，读来有乘风驾舟的畅快感觉。但畅快之余，又为主题的沉重而沉重。以轻驭重，这是杂文的最高境界。

有野心意味着有远大且不易实现的目标。有些人认为这目标不可能达到，何必要浪费生命干那些永无结果的事。

“有野心”有什么罪

黄 波

正当我们这儿为“富豪榜”、“仇富”等话题争得不可开交的时候，俄罗斯首富、石油寡头霍多尔科夫斯基“倒掉”了。关于他被莫斯科法庭批准逮捕并监禁的详情不必说了，各种媒体正炒着呢。霍多尔科夫斯基为什么“倒掉”？各色人等有不同的解说，而笔者对国内某些分析人士所用的一个词儿大感兴趣：不止一位分析家言之凿凿，霍多尔科夫斯基之所以成为俄政府枪下的出头鸟，是因为他过早暴露出了从政的“野心”。

“野心”这个词很有嚼头。《现代汉语词典》对它的权威界定是：对领土、权力或名利的大而非分的欲望。只要身为中国人，便都知道“有什么也别有野心”，至少不能被别人认定为“有野心”，因为在中国的观念里，

有野心者必有反骨，有反骨者必无好下场。这样的例证在中国历史上不胜枚举。读中学时的一次经历让我对“野心”这个词渐渐有了点腹诽之意。那时我是姥姥不疼舅舅不爱的顽皮少年，可多少还有些追求，我的追求之一就是想当班长，堪称“情见乎辞”。老师知道后不屑地对同学说：他还挺有野心嘛！而另一位成绩不错特招老师喜欢的同窗就比我幸运多了，他虽然为竞选班长屡屡在同学中“折冲樽俎”，老师则认定他是“有理想有抱负的有为少年”。晕！“有理想有抱负”，这不是《现代汉语词典》中关于“雄心”的释义吗？所谓“雄心”、“野心”云云，看来因人而异啊。

窃以为，“雄心”与“野心”，这可能是汉语中最势利的两个词语了。

“野心”的罪过究竟在哪里？在我看来，即使是对一个无耻小人，我们也应该维护他胡思乱想乃至胸怀“野心”的权利，因为那个以人的思想入罪的时代早已过去了。在中国的语境中，所谓“野心”者多具特指之意，一般人们不会把商人力争日进斗金的愿望视为“野心”，只有在人们如圣人所云“思出其位”的时候，直白点说，就是他准备在政海中一试身手的时候，某些人士才会把“有野心”这顶帽子奉上。据分析人士说，这次霍多尔科夫斯基的失策之一便是“多次声称自己将退出商界”。这一声明让外界猜测他有意参加 2008 年的总统大选。但是有意参加总统大选又算什么呢？施瓦辛格，区区一个演员，不是还竞选州长而且还心想事成了吗？假以时日，这位娱乐圈的大腕会向总统宝座发起冲击也未可知呢。只有在政治仍被某些人视为禁脔的地方，“有意参加总统大选”才会大犯忌讳。而当下的俄罗斯是否就是一个政治仍被某些人视为禁脔的地方？其实众所周知，当前的俄罗斯尽管还残留着一些威权政治的阴影，但民主宪政显然已成为俄罗斯人的共识；尽管普京的治国方略还有一些招人非议之处，但他至少不敢也不能把个人权力凌驾于宪法之上。在这样的国度，会因一个富人暴露了从政的“野心”便借故将他逮捕监禁？不知别人如何，至少我是不信的。

俄罗斯消息称，俄总检察院已经对霍多尔科夫斯基提起了刑事诉讼，指控他犯有诈骗、逃税、伪造公文、利用欺骗手段给别人造成财产损失、侵占财产和拒不执行法院判决等6项罪行。俄罗斯寡头们上下齐手把持国家经济命脉的事风闻过一些，至于霍氏其人是否真像检方指控的那样犯有6项刑事罪名，当然还有待查证，也值得局外人关注，而我们的媒体和分析家却对此不以为意，偏要一口咬定霍多尔科夫斯基是栽在了“野心”上，其故安在？一言以蔽之，习惯成自然，中国式的老花镜戴久了，外界的林林总总都扭曲变形，成了一副可笑的样子。记得一位哲人说过：“在没有崇高感的人眼里，庄严也成了滑稽，神圣也成了荒诞。”幸乎不幸乎，因为霍多尔科夫斯基的“倒掉”，我们又看到了这活生生的一幕。

生命因有“野心”而精彩 ◎ 邓小惠

我们所熟知的文人当中，大多都希望在朝廷当官以施展自己的才华，历史上想独霸天下的英雄好汉也不计其数。虽然这些人大多失败了，但他们怀着满腔的热血，渴望发挥自己的才能，敢于向着人生的最高目标出发，他们的足迹吸引了一代又一代的人的追随。正是这些英雄人物的鼓舞，中华民族才有了更显辉煌的历史。但历史上还是有些杰出人物被莫名其妙地冠以“野心家”的骂名。

才能被人们所赏识的人，他们无论有多少远大的目标，多少荒谬的想法，都被人们认为“有理想有抱负”，但如果是一个“掉车尾的”，即使他的目标再小，想法再单纯，也会被人所讥笑。人们认为这种人是不配有目标的，他们这是“癞蛤蟆想吃天鹅肉”，他们本就应像烂泥一样一直消沉下去！可悲啊。有野心有什么罪？有野心，才有面对生活的勇气，才有人见人畏的意志；有野心，生命才不会像自来水那样清淡，生活才会因此而染上色彩，人生才会因此而变得亮丽无比。

有野心意味着有远大且不易实现的目标。有些人认为这目标不可能

达到,何必要浪费生命干那些永无结果的事。可生活就是这样,它青睐的永远是那些敢于面对困难、明知不可能偏要向命运发出挑战的人,因为他们是生活的强者。作者引用了一位哲人的话:“在没有崇高感的人眼里,尊严也成了滑稽,神圣也成了荒诞。”不错,没有远大的目标的人永远也不会明白渴望实现目标的那种火烧般的欲望。就如井中的水永远也不明白浩荡的长江奔流时的那种激情一样。

生命如此的短暂。人如果能有一个值得用一生的时间去追求的目标,那么,他的生命就是一道划破时代长空、留下最美丽的身影的彩虹。

老百姓不需要英雄,他们只想过太平日子……只有对勤勉无私的国家管理者的尊重,没有英雄和对英雄的崇拜。

告别英雄

王跃文

从来都说时势造英雄。时势者何?乱世也!英雄辈出,必然血雨腥风。相反英雄无用武之地,实则是苍生享太平之日。又所以谓成也英雄,败也英雄;更所谓成者为王,败者为寇。那么,王者也英雄,寇者也英雄。

秦始皇扫六合而吞八荒,可谓顶天立地的大英雄。他的头是怎么顶到天上去的呢?原来他脚下垫着数百万生灵的头颅。史载,秦国破韩,斩首 24 万人；灭魏，斩首 13 万人；败赵，斩首 45 万人；而杀人 10 万人以下忽略不计，史家算账真是阔绰！须知当时华夏大地人口并不多，几万几十万的砍头，经不得几下砍的。难怪百姓古来自称草民！其命如草，割了又长！庆幸中国百姓命贱，不然早被英雄砍光了。

成功了的英雄，哪怕成就了霸业，仍然还要杀人的。秦始皇活埋 300 人，这不是简单的杀人，而是搞文化事业。历代开国皇帝，登基后要做的头等大事，就是大杀功臣。不管是否帝制，只要是专制，概莫能外。哪怕治平之世，杀人乃是家常便饭。比方要开疆辟土，比方要削藩平乱，比方要搞文字狱。君王们需有这些文治武功，才配得上英主尊号。此等成者英雄，被正史、野史和民间传说渲染千百年之后，神武直追天人，叫野心家效法，让老百姓敬畏。也许最敬畏着这类英雄的，反倒是皇帝们最爱杀的文化人。康熙、雍正、乾隆很重视文化建设，他们的重大举措首推砍文化人脑袋，杀戮之酷更甚于秦始皇。但是现在的文化人或许同当年被杀的文化人没有血缘关系，才把这 3 位皇帝捧为千古难寻的圣明之君，单说他们是英雄还嫌大不敬。我们只要打开电视机，就会看见康雍乾们龙行虎步，威风凛凛，爱戴之情，油然而生。

败了的英雄，远古如蚩尤、夏桀、商纣，晚近如李闯王、洪天王。远者古渺难考，近者如洪天王，史料汗牛充栋。洪秀全本想认真考个功名，做做官的，可是他资质太差，多次科考都名落孙山之后，最终精神失常，幻想自己是上帝之子，理应君临天下。于是装神弄鬼，纠合些愚顽无赖之徒，横行天下，打家劫舍。但凡洪秀全的所谓义军到过的地方，无不流血飘橹，哀鸿遍野。洪天王和他的太平天国英雄了 14 年，而死于英雄伟业的百姓当以百万计算。仅石达开兵败大渡河，就有 10 万喽□灰飞烟灭。不管死掉的是天兵或是清妖，无非是张大娘的儿子杀死了隔壁李大娘的儿子。此类同抢龙椅有关的战争，成与败，正与邪，都只是所谓英雄的事，百姓只有流血的份儿。

汤因比眼中，英雄无异于野蛮。他说：蛮族驰骋在前一个文明的破碎

山河之间，享受了一个短暂的“英雄时代”，但是这种时代没有开辟文明史的新篇章；尽管蛮族的神话和诗歌热情赞颂这种英雄业绩，几乎使后人无法弄清历史真相。汤因比作为历史学家，他的目光是冷峻的。他承认蛮族从历史舞台上清扫了僵死文明的碎片，但它作为英雄存在的任务仅仅是破坏。困扰中国历代王朝的五胡乱华，匈奴人席卷罗马帝国，蒙古人马踏欧亚大陆，等等，都让野蛮人拥有过昙花一现的英雄时代。而野蛮的英雄时代，则是文明社会拱手奉上的。倭寇之患，明清为盛，就因为古老帝国自己渐渐露出了可欺负的地方，这里似乎走了题。我不管哪种文明优劣与否，只是排斥涂炭生灵的英雄们。

或许拉登们也正在创造着英雄时代？不管汤因比是否将英雄时代带上引号，我关心的只是流血。我怀疑一切嗜血如狂的所谓英雄。从某种意义上讲，21 世纪是以邪恶的方式开辟纪元的。战争作为人类最残酷的游戏，原本乃是有规则的。而拉登和他的“9·11”事件把这种罪恶游戏之中残存的一点点儿人性的东西都破坏了。本该神圣的宗教被亵渎，虔诚的教民被蛊惑，不论老人、妇女和儿童，都被送到了枪口之下。充当人肉炸弹残害无辜的宗教狂徒们，竟被拉登和萨达姆赞赏为英雄。

老百姓不需要英雄，他们只想过太平日子。文明理性的社会，只有芸芸众生，只有安静平和，只有爱和自由，只有对勤勉无私的国家管理者的尊重，没有英雄和对英雄的崇拜。

英雄必须喋血？ ◎ 豆丽芬

“英雄”，一个气势磅礴的字眼。大多数人听了，心里总会油然而生爱戴与倾慕之心。古今中外遍地英雄点缀着流淌过的那条历史的长河，为众所周知。然而那只能说是属于过去的英勇，现在人嘴边的话题。在《告别英雄》文中，作者别开生面，历数“英雄们”的种种劣迹，愤慨之情笼罩

着全文，让读者深深地受到了感染，并且深为叹服。

观点想要让人心服，强而有力的证据是少不了的。作者以秦始皇、康熙、雍正、乾隆、洪秀全等“伟大”领袖为例展开论证，指出“秦始皇扫六合而吞八荒，可谓顶天立地的大英雄”，但他的英雄头衔是怎样得来的呢？原来他是“脚下垫着数百万生灵的头颅”；康、雍、乾被尊为圣明之君，他们的圣明也是靠大兴文字狱之类的酷治来撑起；太平天国英雄洪秀全又是怎样呢？他的大军所到之处，“无不流血漂橹”，因他的“英雄伟业”而死的百姓以百万计。原来，“英雄”两字是用百姓的血铸成的！为了表达愤慨之情，作者用一些似刀一样锋利的句子来装载他的观点，将那些所谓“英雄”的那张面具剥下，并畅快淋漓地痛斥了一番：秦破韩，斩首24万人，灭魏斩首15万人，败赵斩首15万人，而杀人10万以下的还“忽略不计”，史家算账真“阔绰”！一个“真阔绰”将秦的残忍与作者的愤怒全部表现了出来。“难怪百姓自古以来自称‘草民’，其命如草，割了又长，庆幸中国百姓命贱，不然早被英雄砍光了”这一句则更显得愤慨难平，且富有感染力，作者那拍案而起怒斥“英雄”的神态就这样活生生地出现在读者眼前。语言精练传神，尖锐锋利，富于感染力和说服力，正是此文的最大特色。

最后一段明确指出：“老百姓不需要英雄，他们只想过太平日子……只有对勤勉无私的国家管理者的尊重，没有英雄和对英雄的崇拜。”这里说出了作者与广大人民的心里愿望。其实，在现实社会中，我们需要的确实只是追求和平，只是友谊与合作，“英雄”跟我们的生活既毫无关系，也不见得是历史的必然选择。恰恰相反，“英雄”一旦出现，就意味着百姓们的好日子将要结束了。

一个领导者如果不全面了解自己国家的国情和历史，他就无法作出正确的决策，领导国家走上富强之路。

李鸿章的“国情论”

杨学武

我在学生时代所读的历史教科书中，李鸿章是一个臭名昭著的卖国贼。他出面签订了《烟台条约》、《马关条约》、《辛丑条约》等多项丧权辱国的条约，被认定为中华民族的千古罪人。不过后来有人为他辩护，认为卖国的罪魁祸首应该是慈禧太后及其以她为核心的清政府，而他只是一个遵旨进行谈判和签字的代理人，不应该代人受过。况且他极力主张并身体力行于“洋务运动”，对中国的对外开放和民族资本主义发展做出了重大贡献，也算得上有功之臣。

我最近读了李鸿章1896年接受美国记者采访录(《帝国的回忆·〈纽约时报〉晚清观察记》，三联书店出版)，对他更加刮目相看了。在外国人面前，他并非卖国贼的奴才相，而是爱国者的“光辉形象”。他对美国记者发表的“国情论”，就充分体现了他的爱国情结。

李鸿章访美期间虽然受到了热情款待，可他吃了人家的东西一点也不“嘴软”，在接受美国记者访问时，毫不客气地批评美国的排华法案《格利法》，大大显示了中国人“人穷志不穷”的民族气节。尤其是当美国记者“别有用心”地问他：“你赞成妇女接受教育吗？”这显然是对中国男尊女卑和教育落后的讥讽，为了不使大清帝国的家丑外扬，他机智巧妙地以“国情”为借口作答：“在我们清国，女孩在家中请女教师提供教育，所有有经济能力的家庭都会雇请女家庭教师。我们现在还没有供女子就读的公立学校，也没有更高一级的教育机构。这是由于我们的风俗习惯与你们（包括欧洲和美国）不同，也许我们应该学习你们的教育制度，并将最适合我们国情的那种引入国内……”

李鸿章恐怕是中国公开发表“国情论”的第一人。他长期掌管清政府的外交、军事、经济大权，不仅对中国的国情了如指掌，而且与外国人打交道也打出了经验，因此他的“国情论”可谓“放之四海而皆准”。你说中国贫穷落后吗？“国情论”辩护说，中国只是在近代才开始贫穷落后，“我们先前比你们阔得多啦”；你说集权专制吗？“国情论”解释道，中国长期诸侯割据、战乱不休，如果不集权专制，就没有“统一和稳定的大好局面”……如此“国情论”成了一种通用的外交辞令，有些人把它当做在外交场合战胜外国人的精神武器。

李鸿章的“国情论”，也正是“中体西用”的翻版。他所致力的“洋务运动”，也正是“国情论”的具体实践。他总以为大清帝国祖传下来的国体是世界上最先进的，而其贫穷落后的原因只是科学技术和武器装备不如西方。即使他到美英法等国家考察，耳闻目睹了西方的民主制度，他也没有像同僚郭嵩焘那样认识到“此其立国之本也”，而仍然认为中国只能按照自己的“国情”向西方学习，声称“泰西格物之功效，致力之才能，某皆默而识之，学之不厌……”他到死都没有明白，如果不改变祖传的社会制度，西方的科学技术之花是不可能在中国结出好果子来的，更不用说中国是不可能赶上或超过美英等西方发达国家的。

李鸿章空有满腹“国情论”，其实他并不真正懂得国情。正如梁启超评价他：“一时言富强者知有兵事，不知有民政；知有外交，不知有内治；

知有朝廷，不知有国民；知有洋务，不知有国务。”如果李鸿章九泉有知，是否应该警醒和反思？

审时度势 常思国情 ◎ 黄友卫

这是一篇引人回顾历史的论文。《李鸿章的“国情论”》的作者是以李鸿章对美国记者发表的“国情论”引出话题，先是由李鸿章在外国人面前发表的谈话，充分体现其在清朝末期对祖国的维护，从而论证李鸿章也是一个热爱祖国的人。接着，作者巧妙地运用历史材料来表现出对李鸿章的看法。作者从两个方面来证明李鸿章是一个热爱祖国的人：第一，作者写李鸿章在接受美国记者采访时，美国记者问李鸿章：“你赞成妇女接受教育吗？”而李鸿章对此则巧妙地作了解答，并第一次提出了“国情论”，表现了他对祖国的热爱和维护；第二，李鸿章支持了“洋务运动”，又体现了他的心愿——强国、富国。

作者又结合社会实际，通过写人们心目中的国情与李鸿章的“国情论”中的国情不同，说明了李鸿章对清朝末期的国情还不算全了解。这样就提醒读者，既要对自己国家的眼下国情全面地了解，也要全面了解历史，这样才能办好每一件事。一个领导者如果不全面了解自己国家的国情和历史，他就无法做出正确的决策，领导国家走上富强之路。

文章立足现实，放眼历史，起点高，故显得气势雄伟而内容充实。选取“国情论”这个话题，通过李鸿章这个典型的历史人物，结合我们的社会实际，谈了“国情论”的关键所在，很有说服力。结尾用反问，实有警人醒世的作用。

Part Nine 踏迹寻隐

对我们每一个人而言，很多历史的真相都是简单的，并且我们拥有知情权。我们不要被眼前的错综现象迷惑，要勇敢拨开表面的乱草，也许，展现在我们面前的就是一个颠扑不破的真理。

现代社会不再自给自足，人与人必须互相依赖，人与人必须互相信任。

老妈今天买什么菜

甄　黛

4 月 30 日赶回家，“五一”想吃老妈烧的菜。早上醒来，却见老妈正睁大眼睛对着天花板咬嘴唇想心事。“我不晓得可以给你吃什么菜，肉圆么是下脚垃圾肉做的，水产品么是福尔马林泡的，牛肉么是注水的，咸肉么是搀入敌百虫腌的，墨鱼么是用硫黄熏的，豆制品么是在猪棚边做的，草鸡蛋么是配好黄粉喂食才有好看的蛋黄的，油条么是用地沟油炸的，吃牛么有疯牛病，吃鸡么有禽流感……我真的不晓得该买什么菜。”

如果家庭主妇每天出门买菜前都要在脑子里如此历数一遍，并且要在菜场里时时牢记这样一张已经很长并且还在加长的清单，我想，基本

上，她们可以归入脑力劳动者一类。像我老妈这样的家庭主妇最应该明白：现代社会不再自给自足，没有人可以独立地打理好个人生活中的一切，人与人必须互相依赖，人与人必须互相信任。

“信任是经济交换的润滑剂。”这是诺贝尔经济学奖得主肯尼斯·阿罗的话。

“信任是简化复杂的机制之一。”这是德国社会学家卢曼的话。

“没有人们相互间享有的普遍的信任，社会本身将瓦解。几乎没有一种关系是完全建立在对他人的确切了解之上的。如果信任不能像理性证据或亲自观察一样，或更为强有力，几乎一切关系都不能持久。”这是一个世纪前德国古典社会学大师西美尔的话。

没错，我们对人家用什么肉做肉圆、用什么饲料喂草鸡、用什么油炸油条、在哪里做豆腐一概缺乏“确切的了解”。所以，一口咬下去时，内心饱含着的（尽管我们没有意识到）原来是对我们这个社会的“系统信任”。

看过弗朗西斯·福山教授的一本书，叫做《信任：社会美德与创造经济繁荣》。书里说，信任是从一个规矩、诚实、合作的行为组成的社区中产生的一种期待。福山教授把社会分为低信任的社会与高信任的社会，低信任的社会指信任只存在于血亲关系上的社会，高信任的社会指信任超越血亲关系的社会。他说，在一个时代，当社会资源与物质资源同等重要时，只有那些拥有高度信任的社会才能构建一个稳定、规模巨大的商业组织，以应对全球经济的竞争。

构建“系统的信任”，“应对全球经济的竞争”，升斗小民恐怕想不了那么远，我在想的是，如果我们的信任只存在于血亲关系之上，我是不是应该立即行动起来，组织一个以血亲关系为纽带的小社会，娘舅做肉圆、叔叔腌小鸡、老妈熏墨鱼、我来炸油条。其实，我想的也有点远，因为我老妈此刻面临的现实问题是：今天应该买什么菜？今天可以买什么菜？

崇尚信任 方望和谐

◎ 庞艳容

你们愿意生活在一个毫无安全感，终日提心吊胆的国度吗？答案是否定的。而想要一个祥和、安定的社会，那就要用信任来维持。

一个人的信用，反映的是他的自身素质。而一个社会的信用，反映的却是整个民族的精神素质。信任维护了人类的利益。自从我看了《老妈今天买什么菜》一文后，对"信任"一词有更深的理解和体会。这篇文章以一个疑问句来做题目，这样能吸引读者，让读者带着思考去阅读。作者是以老妈不晓得买什么菜这一生活实例引出了对"信任"的思考。作者的老妈不知买什么菜，是因为她对市场的菜失去了信心，对卖者失去信任。如果她明白，现代社会不再自给自足，人与人必须互相依赖，人与人必须互相信任，那么，她就不会犯愁了。

作者引用了大量的名言警句来分析"信任"这个词语，例如"信任是经济交换的润滑剂。""信任是简化复杂的机制之一。"这些句子说明了信任的重要性。物质在丰富，欲望在上升，市场经济就是唯利是图吗？无规矩，不成方圆，无诚信岂是真正的市场经济？没有诚信的商家会被淘汰，一味诬赖、掺假、没有诚信，人类就永远只能自甘堕落于物欲的横流，最后走向毁灭。

为了让读者对信任有更深一层的了解，作者引用了弗朗西斯·福山教授书里面的内容来解释"信任"。书里说，"信任是从一个规矩、诚信、合作的行为组成的社区中产生的一种期待。"并指出"只有那些拥有高度信任的社会才能构建一个稳定、规模巨大的商业组织，以应对全球经济的竞争。"进一步强调了信任的重要。

最后，作者用两个疑问句，照应了前文，形成了首尾呼应，强化了主题。提出了"信任"确实应当引起人们的重视。

懒惰是人类之弱点，也是人生第一敌人，不要让它占据我们的心灵，不要让它留下痕迹。

懒　惰

庹　震

懒惰是人与生俱来的弱点。人的一生，能做多少事，弹性极大。做事的多少，某种程度上和与懒惰战斗的成果大小有关。

一天，一家出版社的编辑打电话告诉我："你的那本书，急着要发排了，请半个月内交稿。"此前，我得到的信息是一个月内交稿。这下子紧张了，自己给自己列了一个日程表，一天一天赶日子，终于在半个月内完成了任务。见到这位编辑，诉说了这半个月的狼狈，她听后笑了起来："就知道你们这些人爱拖时间，所以故意把交稿时间提前了半个月，也想试试你们不拖行不行。"

这位编辑的用心，很是良苦。她也是让作者给拖怕了，没有什么好办法，才想了这么一招。听了这番话，我感到了一种惭愧。在相当多的时候，人并不是因为有其他的事情要做而影响做某一件事，往往是自己给自己放松要求，往往是自己为自己找到偷懒的借口。看来，人的生命短暂，自己不珍惜也是一个原因。

有人很迷信智商。这些迷信的人把人们做事成败大小，归结于人的智商上的差异。应该说，人在智力上是有差别的，这些天生的差别，无疑

对人一生是有影响的。但是，从总的方面看，人在智力上的差别，远没有人在勤奋和努力程度上的差别大。一个智商高的人加上懒惰，会一事无成；而一个智商稍低的人加上勤奋便会做成大事。很聪明的人有时正因聪明所误不勤奋努力而因福得祸；有些笨拙的人知笨知拙不敢懈怠反而因祸得福。

懒惰或许是人生第一敌人。这个敌人，一生都跟在你的身边，时时拿着锋利的长矛，准备刺杀。你的手里，必须时时紧握勤奋和努力的厚盾，提防和阻挡这个要抢夺你珍贵的短暂的不会再有的人生时光的敌人。

是让懒惰发出得意的狞笑，还是让我们的生命绽出美丽的花朵，这是一个多么重要的选择！

人生在勤 不索何获 ◎ 黄小琼

作者开篇点题“懒惰是人与生俱来的弱点”，接着引出此文的论点，“人们做事的多少，某种程度上和与懒惰战斗的成果大小相关。”

为了证明这个观点，作者现身说法，因编辑催稿紧，他不得不在短时间内完成了任务，一改以往拖沓的工作作风。这件事让他领悟了“懒惰，往往是自己给自己放松要求，往往是自己为自己找到偷懒的借口”。同时也体现出个人的恒心是一种敬业精神。

懒惰与勤奋造就不同的人生结果。一个人的成就的大小往往不在于他的智商高低而在他的勤奋是否战胜懒惰。一个智商高的人加上懒惰，会一事无成，那是因为他以为自己很聪明，任何事可以不学不做，都会认为自己比别人强。今天的事可以拖到明天或者是后天再做，就这样拖下去，到最终一事无成。一个智商稍低的人加上勤奋便会做成大事。正是因为他不敢懈怠，孜孜不倦地学习，每天学一点，日子久了积累知识也多了，正应了“水滴石穿，绳锯木断”的道理。

懒惰是人类之弱点，也是人生第一敌人。同时给我们一个启示，不要让它占据我们的心灵，不要让它留下痕迹。这是作者给我们的警示。

懒惰是人一生中的缺陷，人一旦习惯了懒散就很难有所成就，而能弥补这一缺陷的只有勤奋，这是我读此文的最深刻感悟。于是又想起了满面沧桑仍意气风发的张衡，他在意味深长地吟咏："人生在勤，不索何获？"

此文取材于生活小事，从中阐发重大的人生道理，显得亲切自然。作者的现身说法，使文章阐述的道理更易为读者所接受。

万事万物，乐极生悲。现在断言"喜剧"未免为时太早，还得看是谁坚持微笑到最后。

征服者的喜剧和悲剧

张 帆

人类可以说是地球上最成功的征服者：他首先征服了自己，离开森林、直立行走，改变了头和身体的角度，使头颅、颈椎到脚跟，形成了一条直线，从而促进了大脑的发育，脱离兽类，成为万物之灵、地球的主宰者、第二个上帝。他征服了有巨齿尖爪的"森林之王"狮虎，把它们训练成了"演员"，虽然它们有时也龇牙咧嘴，表示有点不情愿，但跳障碍、爬高台、钻火圈，都做得很到位。陆地上形体冠军大象被征服了，泰国人仿欧洲马球而开发了"象球"，让那硕大的"笨伯"驮着运动员，摇晃着脑袋，急促慌忙地去拼去抢夺地上滚动的小球。冷血动物蛇和恐龙还有同时代被称"古化石"的鳄鱼，也都被人们玩于股掌之中，前者在蒲松龄的

《聊斋·二青》中有生动的记述，后者我们早已看到，印尼人可以把那凶残的鳄鱼的嘴掰开，把头放进去，那家伙竟然一动也不动……

但肆无忌惮的征服，演绎出来的并非全是喜剧。美国人曾在他们西部征服过美洲狮，结果那里麋鹿之类的食草动物繁衍过盛，大片绿地因而萎缩；我们曾经无节制地去征服森林，结果是土地沙化、沙尘暴肆虐、江河震怒……大自然灾难似的报复，才使人类知道收敛一些，如今哲学词典里，“征服自然”被抹去了，但，那种野蛮征服并没有绝对停止，餐桌上那一次性的筷子，荒原上那暴尸的大象和犀牛，都证明那些不文明征服仍在继续。

征服也是一把双刃剑。制度先进的秦嬴政虽偏于一隅而征服了六国，继而他把暴政施于人民，结果传不二世。忽必烈以他的盖世武功入主中原，当他继续以这种暴力去征服民众时就招来天怒人怨，结果寿不百年。人们似乎忘记了先祖的经验“自胜者雄”，人们必先征服自己的谬误才是最强大的，不然，那征服就是悲剧。有人滥用自己手中的权力，征服了下属，于是他顺利地步入了贪官的行列；有人以自己手中的刀剑去征服爱情，结果锒铛入狱……

盲目相信自己的力量，也是征服者的又一悲剧。其实，人类至今还不曾征服过麻雀：你逮一只麻雀放进笼中，它马上双目紧闭，不吃不喝，再好的美味佳肴，它都无动于衷，直至饥渴而死。我们应该记住一位伟人的那句意义深远的话：“我不比侏儒高大，也不比巨人矮小！”

谁能微笑到最后 ◎ 黄洪妹

此文实际上是一篇以保护大自然为主旨的文章。作者通过征服者的喜剧和悲剧的描写，更加形象的告诉我们，人类应该保护大自然，只有与大自然和谐共处，人类才是最成功的征服者。

“人类可以说是地球上最成功的征服者”，文章一开头作者便语带讽刺地称赞了人类的智慧。世界上事情的发生、发展、结局都要经历一定的过程，世界上一切事物都会经历从简单到复杂，由弱小到强大，从不完善到完善的过程。人类征服的过程也是这样的，他们首先征服的是自己，再到弱小的小动物，然后到“巨齿尖爪的森林之王”狮虎，而且把它们训练成“演员”；陆地上最大的动物大象都让他们当成球一样玩，然后就连有毒的蛇类，威力十足的鳄鱼都被人类玩弄于股掌之间。从而表明人类征服者似乎是喜剧。

万事万物，乐极生悲。现在断言“喜剧”未免为时太早，还得看是谁坚持微笑到最后。喜剧的背后并不总是喜剧。文中便指出了，“但肆无忌惮的征服，演绎出来的并非全是喜剧”，例如美国人驯养美洲狮的悲剧，造成大量绿地的萎缩；我们砍伐森林，造成土地沙化、沙尘暴肆虐……作者从如此种种出发，指出人类征服者的悲剧，更加表明强行征服弊大于利，揭示人类应该保护大自然，和大自然和谐共处。

作者还告诉我们，“征服也是一把双刃剑”。从秦施暴政、忽必烈以武治民，造成短命王朝的事例得证，征服者并不全是喜剧或悲剧，如果不正确地对待事物，喜剧的背后永远是悲剧。“‘自胜者雄’，人们必先征服自己的谬误才是最强大的，不然，那征服就是悲剧”；“盲目相信自己的力量，也是征服者的又一悲剧”。人与自然，谁能微笑到最后？

人类是不可能成为最大征服者的，除非同自然和谐共处。“我不比侏儒高大，也不比巨人矮小”，这本是说人不易征服，但这句话用于自然，似乎也通。

我们打着"讲求民主科学"、"提倡言论自由"的口号，实事求是却似乎离我们越来越远了。

四字真言

叶 子

天地间称得上"真言"的，尽管为数不多，但在有 5000 多年文明史的古国，滴水成流，它也不是很少，如"实事求是"一词，问问百姓，有几人不晓？把此列为"四字真言"不论是知名度，还是使用频率之高，实是当之无愧！

早在宋代，一部《资治通鉴》里，就有荀悦的话："故德必核其真，然后授其位；能必核其真，然后授其事；功必核其真，然后授其赏；罪必核其真，然后授其刑……"而其中的一"核"一"真"，用今人的话来说，就是"实事求是"。

汉元帝时有一直臣京房，可谓能言善辩，大义凛然。他一心想改奸佞当权，兴清明政治，只要一有机会，便对元帝劾（hé）奏石显专权。一次京房曰："陛下视为治邪，乱邪？"帝曰："亦极乱耳，尚可道？"元帝也知当时乱到极点了，他心里明白如镜，就是终不能醒悟，未使石显之流得到惩罚。如果事情到此"实事"阶段，那也倒罢了，相安无事。可老京偏还要去"求是"，谁知一"求是"前景大为不妙……

古人的"核其真"也好，"求其是"也罢，早已超脱了自我，进入一种境界。而一个血肉之躯，哪怕有一点真言，也是何其维艰！晁错被诛杀，解缙死于冤狱，司马迁遭腐刑，郑板桥辞官归农……一段真言史，总是伴随着一个血泪人生。观世间多少学富五车直言之士，满腔热血忧国为民，却患了一个共同的致命的难以治愈的顽疾：不知古今“实事”难实事，“求是”难求是！

倘若京房能知这些，又哪会抱有幻想，忠言相劝，以致被下狱，含恨而去，还落个“通谋诽谤罪”？竟是真言反被真言害！我忽然想到“真言”真难。

借题谈古　意在论今

◎ 胡开平

提起“实事求是”，我想我们无人不知，无人不晓。它的意思是：从实际情况出发，不夸大，不缩小，正确地对待和处理问题。作者认为，“不论是知名度，还是使用频率之高”，把它称为“四字真言”都是“当之无愧”的。作者借势展开议论，结合社会实际，感叹“实事求是”之难。

作者首先引用了《资治通鉴》里荀悦的一句话，并指出话中要旨在于一“核”一“真”，说明以前古人早就知道实事求是了。接下来作者又写了汉元帝时的一名直臣京房，他为了改奸佞当权，兴清明政治，硬要“求是”，结果使自己被下狱，含恨而去，还得到一个“通谋诽谤罪”的罪名，反为“求是”而害，表明“实事求是”之难。后来作者又列举了晁错被诛杀，解缙死于冤狱，司马迁遭腐刑，郑板桥辞官归农……这些人都跟京房一样，“患了一个共同的致命的难以治愈的顽疾：不知古今‘实事’难实事，‘求是’难求是！”一句话明确要旨，显得精炼有力。既然古今一理，文章的主旨也就不言而喻了。

是啊，经过历代圣贤的努力求索，“实事求是”被确认为至理真言，邓小平同志还把它确定为中国共产党的一个行事准则。但是，时至今日，我们虽还打着“讲求民主科学”、“提倡言论自由”的口号，实事求是却似乎离我们越来越远了。“假大空套”满天飞，实事求是的精神却没有几个人敢于坚持。这到底是

什么原因呢？

此文借古讽今，鞭辟入里，可谓用心良苦。语言精练有力，引例典型，也是其特色之一。

历史凭着它的公正，早已将这个问题解答得清清楚楚：谁想扼杀人们的思想，谁注定灭亡；谁想堵住人们的嘴巴，谁的下场可以见到。

咀嚼思想史

陈四益

人长了一个大脑，就要思考；长了一张嘴，就要说话，以表达思考的结果。说的话落在文字上，就是文章，文章也是思想。哲学家说，人从动物界分离出来，就是因为人有思想、有语言。那么，如果失去了思想和语言的功能，人也就不成其为人了。所以，禁止人思考，禁止人说话，其实与谋杀无异。可惜，历来的法律没有这项规定。那原因，我想，是因为专制主义的社会中，统治者不想被统治者思考，也不允许被统治者表达自己的意愿。“天下有道，则庶人不议”——他们认为，没有思想的人易于治理，把老百姓的嘴巴封起来，就天下太平了。

但是，思想终于不能扼杀。思想着的人可以死去，思想的成果却或以口语或以文章，或多或少地流传于后世。有些不容于本土的思想，却在异地大放光芒；有些则在本土流传的过程中不断丰富，不断充实，当初的涓滴细流，最终成为埋葬专制主义的精神力量。

专制主义时代扼杀思想的一大理由，是这些思想的悖逆与不轨，要求每一个人、每一句话都不能错，都要符合钦定的要求，即所谓“非先王之法言不敢言”。但是，要说话，就会有对有错，任何人，即便是作为典范的“先王”，也都有说错话的时候。要求不说一句错话，说错一句话就加棒杀，其结果就是不许人说话。其实，下笔千言，有一半讲得对，就很了不起，哪里有句句是真理的事情。“愚者千虑，必有一得。”不允许九百九十九的不得，连那一得也将失去。

听讲话，读文章，要紧的是看他提供了什么有价值的思想，而不是看他哪一句话说得不妥或不当，何况那不妥或不当，或许并非思想者的不妥或不当，而是判定思想是非者的不妥或不当，因为判定思想是非者也是人，或许是比思想者更低能的人。

诗曰：

罡风吹折精神树，
人世飘零思想花。
半落黄埃归后土，
半随绿水到天涯。

思想是最有力的武器 ◎ 豆丽芬

思想是一个人的灵魂，如果一个人失去了思想，那么他将只是一具躯壳。

此文作者以专制主义时代那些帝王扼杀广大人民群众的思想为引子，撕开古代思想史的帘幕，展开议论，说明了人是有思想的，人的话语权力是神圣不可侵犯的。

文中引用“天下有道，则庶人不议”，表明了思想言论的力量巨

大——连统治者都害怕，他们以为，没有思想的人易于治理，把老百姓的嘴巴封起来，就天下太平了。这就是统治者的想法，他们企图以自己的思想去封住别人的思想。但是人们可以自己支配自己的思想，构思未来的蓝图，实现自己的目标，统治者的这番"思想"变成了痴心妄想。事实上，历史凭着它的公正，早已将这个问题解答得清清楚楚：谁想扼杀人们的思想，谁注定灭亡；谁想堵住人们的嘴巴，谁的下场可以见到。思想是最为自由的东西，也是最有力量的武器。我们都要善于运用这个武器。

现在，我们主张开放思想，大胆改革，我们要毫无约束地释放自己的思想，让灵动的思想火花擦亮历史的最新一页。

回顾思想史，就是对自己的灵魂进行一番彻底的洗涮。此文在启迪读者神思方面，可谓极有意义。

什么该玩，什么不该玩，这就成了一个必须弄清楚的问题。

上帝的大拇指和孩子的泥巴

慕毅飞

有一则关于上帝的逸闻，说一个不懂事的小天使，缠着上帝要玩具，实在缠不过了，上帝伸出大拇指说："给。"小天使真的抓住上帝的大拇指，有滋有味地吮起来。孩子能从大拇指中吮出什么？好玩而已。但看

《圣经》，上帝创造万物，却没有创造玩具；看《论语》，孔子讲五经六艺，也没有讲到玩。当然，圣人不讲，不等于凡人不玩。单说玩泥巴，就玩出许多纠纷来。女娲不是凡人，捏土造人，似乎神圣得很，其实，捏土就是玩泥巴，女娲因此倒应算作玩具之祖。可到信史时代，同样玩泥巴，玩出来的叫“俑”，竟被孔夫子咒成要断子绝孙。虽然从此以后，陪葬用的“俑”好像少见了，但泥巴却代有玩人，显示着人类喜玩的天性难以抑制。

周作人在《木片集》里曾就中外玩具观作过一个有趣的比较。说在中国人看来，“作泥车瓦狗诸戏弄之具，以巧诈小儿，皆无益也。”(汉·王符《潜夫论》)玩具当然是假的，让孩子玩假的东西，就是欺骗孩子；非但无益，而且有害；这真是抬举玩具了。不说西方，即在印度人看来，孩子可以为玩具争得“嗔恚啼哭”，但凡做父母的都知道：“此事易离耳，小大自休”(《大智度论》)。长大以后，自然不会再贪恋玩具的。这点道理，中国人似乎多少年都没弄明白。

只是这孩子时没有过的玩瘾，中国人却往往要到长大以后以病态方式来补偿。古代不少孩子玩的泥俑，到了后来的大人手里，就叫文物，文物也叫古玩，天子的神器也因此常成了玩物；人生可以玩，叫玩世；性命可以玩，叫玩命。等而下之，自然无所不可玩。鲁迅所谓“做戏的虚无党”，就是在这片不让孩子玩的土地上滋生的。中国人信神，用泥巴塑成神像，却拿酒肉行贿，以人心度神腹，期望神也“给了好处乱办事”；许愿才毕，就把贿品拿回家自用——纯粹玩了神一把；在皇帝跟前，三叩九拜，“皇帝万岁万万岁”，可心里总琢磨着怎么一刀抹了皇帝，金銮宝殿自己坐。这么皇帝、鬼神一路地玩下来，弄点形式砌临街一面墙；“三面光”水渠，可以只抹朝路一边坎，更有甚者，为了抹出“退耕还林”的大标语，耗费巨资不说，还砍掉大片天然林木，树没了，山秃了，只剩下几个显赫的大字了——这不纯粹拿国计民生当泥巴玩吗？

玩神，玩给自己看，知道神也奈何不了；玩皇帝，玩给皇帝看，虽知终

将被玩倒,但皇帝似也不肯破了这玩的规矩。把国计民生当泥巴玩的人,也自当有他的看家,谁封赏的他,他就玩给谁看。不幸的是,官是一级一级往下封,把戏是一级一级往上玩。小孩玩玩具,是拿假的当真的玩;形式主义玩官僚主义,是拿真的当假的玩。“以巧诈小儿”,容易;以形式主义玩官僚主义,也不难。令人不解的是,玩家并非都是高手,但把戏往往不被戳穿,仿佛双方有约在先:玩者愿玩,看者愿看。在这玩与看之间,早就画就了部署与落实的怪圈。否则,毁林造字,岂非等于光屁股朝天?决策者不加遮掩地彰显自己的愚蛮,敢情就不怕会有真的板子打他?“造字工程”曝光了,若无看家震怒、玩家买单的后继报道,这看家依然白看,玩家依然白玩,那国计民生也就成了孩童手中的泥巴,不玩白不玩。

不该把好玩的事弄得沉重,体育比赛不过是玩,读书也不必压上目的重负,数学大师陈省身给中学生题的四个字,就叫“数学好玩”,且不说天然该玩的孩子;“游戏是人类的DNA”,不玩,何来“快乐人生”?但不能在当真的事上过把玩的瘾,尤其是玩形式主义的高手,要想点绝招,让他们玩得战战兢兢，玩得代价惨重，玩得他们从此不敢再玩。否则，大家连该玩不该玩也弄不清楚，岂不是我们民族莫大的尴尬！

玩的把戏 ◎ 梁月兰

玩对于我们来说是再熟悉不过了，甚至可以说是司空见惯的事情：小孩子单纯地玩，大人有心计地玩，年轻人随意地玩，老人老练地玩，智者精明地玩，疯者盲目地玩……玩法何其多，而且它时时刻刻如影随形地跟着我们。作者在文中揭示了无论怎样的玩法，首先都要有选择性，而且要玩得有利有味。

贪玩，是人类的天性之一。“上帝伸出大拇指说：给！小天使真的攥住上帝的大拇指，有滋有味地吮起来”，这神话说明了“玩”的趣味性与单纯性，玩应该是一种快乐、轻松、不含任何杂质的东西。正如文中所说的“游戏是人类的DNA”，不玩，何来快乐人生？但是，人类玩得无度，结果出现了很多弊端。文中作者主要是抓住“弊”的方面围绕主题展开议论的，这样就起着反衬与对比作用，先写“期望神也给了好处乱办事”，其次写“这不纯粹拿国计民生当泥巴玩吗？”通过这几个层次写出一些人的劣质，这种荒谬与虚伪的玩法，使人民受害，国家受损，其害无穷。

更要命的是“玩者愿玩，看者愿看”。社会上的一些人为了某种利益，不惜牺牲国家和民族，不惜牺牲别人、甚至自己，而对于这样的玩法，看者甚至当政者也只是睁一只眼，闭一只眼，无论是玩者还是看者，谁都不肯破了这玩的规矩。这个怪圈，使人们感到更多的无奈。什么该玩，什么不该玩，这就成了一个必须弄清楚的问题。文章到这里水到渠成，自然地推出了自己的观点。

作为一篇议论短文，此文一个特点是开头由一个荒谬的寓言故事引出后面的议论，使文章富有趣味性，再围绕主题，论说玩的“利”与“弊”，破中有立，对比鲜明，感染力和说服力都很强。

懒惰或许是人生第一敌人。这个敌人，一生都跟在你的身边，时时拿着锋利的长矛，准备刺杀。在你的手里，必须时时紧握勤奋和努力的厚盾，提防和阻挡这个要抢夺你珍贵的短暂的不会再有的人生时光的敌人。

Part Ten 现代传说

每当我们激愤于丑陋，不可抑制时，我们就想起病痛中的针灸，是那些刺痛我们的东西，一直提醒着我们必须剔除病毒，才能保持健康、顺利发展。

为什么有些事情外国人先发现才引起我们社会舆论的关注，而偏偏不是我们中国人自己呢？

乞丐是一面镜子

商子雍

“以人为镜，可以明得失。”《贞观政要·任贤》篇里的这句话，一向被中国人视为修身的格言。用这句格言来审视本文的命题——乞丐虽然不名一文，生活困窘，沦落于社会底层，但他们同样是人，在人格、人权上和达官显贵、富翁富婆是完全平等的。也因此，以乞丐为镜子来照照我们自己，精神境界的优劣高下往往就能显现得清清楚楚。

倘若有人对此说不信，则不妨请他了解一下最近发生在上海的一件与乞丐有关的新闻。说的是这座国际大都市的永嘉路上有一栋商住两用楼，居住着 12 户人家。据物业公司负责人介绍：“这里是高档楼盘，业主的层次比较高。”而居委会主任也有类似表示。我毫不怀疑以上两位负责人所言都是有据而发，绝非信口胡说；但同样不容置疑的是，他们眼里的“层次高”，好像主要是说这 12 户人家都挺有钱的，属富人行列。当然，他们所说的“层次高”，同时包含着对住户精神境界的评价。果真如此，尽管我一向对各种级别的负责人都尊重有加，这一次却不得不斗胆大摇其头了。要知道，有钱与否或钱多钱少，从来就不是判断一个人精神境界高低的准绳；更何况现实社会中，那些最让老百姓深恶痛绝的坏事，如买官卖官、权力寻租、以权谋私、荒淫无耻等，又有哪一桩、哪一件与乞丐、下岗工人、贫苦农民有关呢？不过，这么说也绝非认为但凡有钱的富人便皆是垃圾、渣滓，比如前面提到的那座高档楼盘的十几户人家，也仅仅是在一位乞丐突如其来地成为摆在面前的一面镜子之时，他们才显现出了精神上的某些瑕疵而已。

这件事就是去年8月才入住这座富人楼盘的一对美国夫妇，竟然同一位名叫马维华的残疾乞丐(膝盖以下截肢)交上了朋友。最初，他们只是在马维华行乞的衡山路教堂门前给他钱，后来又请他到街上的餐厅吃饭，继之领马维华回他们家洗澡、换衣服、住宿，最后干脆给了这位乞丐朋友一套家里的钥匙……巧得很，在我从平面媒体读到这则新闻的时候，CCTV正在播放全国扶残助残表彰会召开的消息，于是不禁莞尔一笑："这两个美国佬，倒算得上是扶残助残的先进人物！"不料接着读报，却发现在我看来绝对是反映出一种高风亮节的这对美国夫妇的扶残助残行为，却不被他们的各位高邻认可。高邻们不但公开表示对美国夫妇的做法"想不通"，而且频频向居委会、物业公司反映，要求"查一下这个人的身份"。至于为什么要查？居委会主任是这么说的："这栋楼里居住的人层次都蛮高的，突然来了这么一个人，感到很不放心。"请看，他说得多直截了当、多清楚明白——高邻们之所以对美国夫妇不满，倒不是由于他们给家里领来了一个外人，而是因为这个外人是一个"层次蛮低"的残疾乞丐。请设想一下，倘若马维华不是一个乞丐，而是一位衣冠楚楚的"高等华人"，甚或干脆就是金发碧眼的外国人，那这座"高档楼盘"里的"层次蛮高"的住户们还会寝食难安吗？大概不会。因为让他们感到不放心的显然不是有钱人，而是像马维华这样的穷人。

中国的富人钱包胀满，住进高档楼盘才几天，怎么这么快就如此严格地和穷人划清了界限，摆出一副"汉贼不两立"的架势！别不分青红皂白地把所有的穷人都当贼防，好不好！当然，或许有富人会辩解道："'饥寒起盗心'是古训，我们不得不防。"不过我要反问："'饱暖思淫逸'也是

古训,是不是我们就把你们这些有钱人统统都视为淫乱糜烂呢？”

故事的结尾,那一对美国夫妇这样回答前来采访的记者:领马维华回家“是我们的事,我带什么样的朋友回家与别人无关”,“但我们居住在上海,我们应该尊重这里的文化,所以我们让马维华搬走了”。值得中国人深思的是,敌视穷人的文化是一种什么样的文化!

发生上述故事的楼盘名曰“前进大楼小区”。前进,多好的名字!愿中国人不断前进,愿中国不断前进!

“进步”的文化 ◎ 孙海华

《乞丐是一面镜子》中提到这样一个问题:“敌视穷人的文化是一种什么样的文化？”我只能这样回答:这可能只算是倒退的文化。

这问题令我们有许多感慨。为什么有些事情外国人先发现才引起我们社会舆论的关注,而偏偏不是我们中国人自己呢？难道偏得外国人发现这样那样的问题才让我们去了解在这个社会中存在的、值得我们深思的问题？

敌视造就愚昧。设想一下:如果你是那个穷人,整天坐在街头巷尾,身穿破烂不堪的衣服,手里捧着一只破碗乞讨。一位富人走过你的身旁,从他的裤子里抽出一毛钱。这时候你会怎样想?也许你觉得他很吝啬;又或者你只会抱怨这个无情、冷淡、不公平的社会。乞丐这种生活你愿意过吗？当然,你肯定不会想,因为你从来都不敢想。

像上海这种国际大都市竟然会出现这种文化氛围,真是遗憾啊！敌视穷人的文化根本谈不上是进步的文化,它是一种非文明的行为,是令人发指的“进步”文化。对待贫富,我们应该一视同仁,鄙视穷人是可耻的。人格尊严是任何人都应该拥有的基本权利。

一个好的材料就是一篇好的杂文。“选材精当,文章一半”,这句话又一次在此文中得到了印证,此文的选材非常典型,内涵丰富,富有启发意义。一千句谎言盖不住一个事实,我们中国确实存在着贫富分化的现象。

消灭这种分化的关键在哪里？也正是当前党和国家大力着手建设和谐社会的原因所在。

孩子们的笑也只能是驯服后的笑。的确，孩子们的天性正在消磨，泯灭……

然而，孩子们在笑

司徒伟智

我是很喜欢看记者丁志平的摄影作品的。那时《新闻晨报》上开辟“老丁热线”，推出一幅幅传神的照片，大伙可是看得津津有味。“老丁的照片有思想”，就这样传开来。

可是今天，老丁的照片叫我有点犯难了。《新闻晨报》推出陈默的通讯《“课间禁令”催生“铅笔爸爸”》，报道上海有几所小学为了防止安全事故，向学生发出“课间不准擅自去操场活动”、“教室在三楼以上的学生，10分钟小休息不得下楼”的禁令。于是孩子们只能在教室内用铅笔、橡皮之类文具做游戏。报道配发了丁志平两幅“玩文具”的照片，一幅正面一幅侧面。奇怪的是，男生女生的面庞上竟都溢出浅浅的、满足的笑。

通讯的作者陈默在为孩子们诉苦、请命，老丁却表现的是“美目盼兮，巧笑倩兮”——离开个“苦”字不亦远乎？配发的照片与正文的主旨打架，真不知老丁(当然还有版面编辑)这回打啥主意。

怎么还笑得出来？孩子的天性就是自由。课间即自由时间，他们爱好

蓝天，爱好草地，他们喜欢奔跑，喜欢跳跃。小孩的今天，就是大人的昨天，我们当年不都唱这首歌的——“小鸟在前面带路，风儿吹向我们，我们像小鸟一样，来到花园里来到草地上”。然而如今，下课和上课一样，都得困在水泥六面体里，青草的芳香，连同春风、连同小鸟，全都无缘了。螺蛳壳里也可以找乐趣，然而，它又怎么能有那种空旷、那种大气、那种抒发、那种冲撞。

如果镜头反映的是师长们在笑，那倒是差不离。通讯确实是这样告诉我们的——一些学校的负责人表示，现在的学生都是独生子女，在家都是小太阳。孩子在学校活动跌个跤、碰破皮，父母都会吵到学校要求赔偿。学校的操场上毕竟有些存在一定危险性的运动器材，像单双杠、云梯等。“所以，在没有老师保护的情况下，校方不得不禁止孩子擅自去操场活动。”不难想象，禁令发出去，学生拉回来——从跑道、沙坑到双杠、云梯统统清场，“不安全”警报遂此解除，校方与家长别提有多痛快了。然而，画面上对着我们的，分明不是大人，而是稚嫩的孩子。该笑的不笑，不该笑的在笑。

压根儿不该笑的，偏偏拍出他的笑靥，如此之荒诞，如此之反差。其实，这倒也恰恰反映一种事实，这是我细看下去方才体会到的。通讯写得客观，说到禁令既久，日渐适应，许多游戏变户外为室内，学生争相发明，蔚为风气。报道说：“从最传统的扮家家、搭飞机，到最时髦的灌篮、打保龄球……小学生们运用手中仅有的学习工具，组合出几十种不同的玩法。”有的学校，低年级学生几乎全都在课间玩起室内“文具游戏”，乐此不疲，乐不思“外”。唯其有乐，故而有笑，由乐而笑，不亦宜乎？

这当然只能是一种驯服后的笑。好比小鸟入笼，始而冲撞，继而沉默，终而欢唱。凡动物，无论高级低级，必有适应环境的能力。天性也是可以消磨，可以扭曲，可以泯灭的。昨天“性本爱丘山”，今天却“性喜玩文具”，顺时而变，如此而已。

面对一群囿于一室却安然、陶然的孩子，我们还指望什么？好多年前，一场中日儿童野营竞赛下来，我们的孩子冷不得、热不得、累不起、跑不快，那消息曾经令我们惶愧、困惑。但后来在京都的寺院里——那里的寺院都有开阔的空地，跟上海很不一样——看过衣着单薄的日本学生队列，迎着初冬的寒风快速行进的一幕，我顿悟了。如今看了老丁的照片，更加无话可说了。

不仅是身体素质，而且在心理素质。教育家苏霍姆林斯基说，学生在童年时代应该“敢爬上树顶，敢游过河流，敢在夜晚走进森林去寻觅一定粗细的木棍或某个同伴旅行时失落的指南针，敢在暴风雪中护送无能力的小孩回家”。回避大自然的风雨，还谈何意志品质，那就只好娇声娇气、畏首畏尾了。不是吗，节假日逛游乐场，嚷嚷“啊哟，怪吓人的，我不去”之类的，准不是小“老外”。在做垂直360度翻转的单环滑车前，在横跨小溪流的独木桥前……我一次次遗憾地听到炎黄子孙的怯阵之言、畏葸(xǐ 畏惧之意)之辞。这也难怪，放学在家，固然已经哪里也去不得，个个家长是“捏在手里怕热煞，含在口里怕化塌”。轮到上学在校，老师挡道，又是哪里也去不得！

然而，孩子们在笑。如果孩子们不笑，还撅起小嘴，我心里会好受些的。然而，老丁，还有不知名的编辑先生，却偏偏向我们推出几张笑盈盈的脸。也许，他真的想让我们难受——在难受之余，就更能体会事情的深刻性、严重性了。

浅笑背后的心酸 ◎ 梁兰花

孩子的成长是当今社会的一个重要话题，因为孩子是人类社会发展的明天，是一个民族的希望，所以孩子们值得人们重视和关注。然而现实生活中，孩子们却备受像宠物那样的“特优待遇”。难道孩子们接受那些“特优待遇”就能健康成长了吗？就能成为明日挑大梁之材吗？此文这个问题提得可真够犀利。

在现在的社会中，家长们都过分溺爱自己的孩子，给予孩子们太多太多不公平的“爱”，以至竟出现了“课间禁令”等。可是为什么孩子们在

受到这种待遇后,还溢出浅浅的、满足的笑?作者针对这一现象进行了思考,得出:天性也是可以消磨、可以扭曲、可以泯灭的。而孩子们的笑也只能是驯服后的笑。的确,孩子们的天性正在消磨、泯灭。他们越来越像关在笼子里的小鸟。作者指出:现在的孩子冷不得、累不得……身体素质在下降。其实,回避大自然的风雨,还谈何意志品质,只能是娇声娇气、畏首畏尾。“在独木桥前,我一次次遗憾地听到炎黄子孙的怯阵之言、畏葸之辞”这句话正体现了作者对孩子成长和国家未来的担忧,揭露了问题的深刻性和事态的严重性。

这一篇文章通过层层剖析阐发了深刻的道理,在朴实的语言中揭示出在孩子浅笑背后的社会问题,具有警示意义。它让人们知道:孩子不需要热烈的怀抱,而是需要正常的自然的成长环境。

对于追求生命最基本、最平凡也是最简单的一个独立的“自我”——自由,人类是不是也要付出生命的代价,并且与之同归于尽?

自由的代价

韩三洲

当伊朗连体姐妹拉丹、拉蕾的分体手术失败,双双先后辞世的噩耗传开后,伊朗哭了,世界上许许多多关注这一对连体姐妹命运的人都哭了!死亡不但撕碎了两姐妹的美好心愿与追梦之旅,也把我们带到了一个极端严酷的事实面前:对于追求生命中最基本、最平凡也是最简单的一个独立的"自我"——自由,人类是不是也要付出生命的代价、并且与之同归于尽?

面对这样一个人生悲剧,也许会让更多人发出追问:生命的意义何在?不惜以死亡的代价来追求个体自由的意义又何在?难道说非要去做出这样的人生选择不可吗?按理说,两姐妹血脉相连、须臾不分地生活了29年,每分每秒都是一种零距离的密切接触,她们了解对方甚至胜过自己;另外,29年的连体艰辛,还培养了两姐妹的坚忍不拔和乐观向上,磨砺出她们向极限与未知挑战的勇气。可以说,她们既是和谐的一个整体,又是成功的两个典范!

尽管如此,她们依旧渴望把身体分开,来实现一个完整的自我;每时每刻都希冀着,能够独立地去追求真正属于个人的理想和生活。她们的企求与憧憬使我们认识到,对人类来说,作为个人的独立活动和自主精神该多么重要,谁都不愿意永远生活和依附在别人的身影之中。"生命诚可贵,爱情价更高,若为自由故,两者皆可抛。"即便是与世界上最知心、最亲爱的人紧密连接在一起,也比不上做一个独立的、自由的、能实现自我的人更好!

可是,就是这样一个在我们普通人看来是如此简单而又自然的事情,对于这对连体姐妹来说,却永远成为关山隔阻、难以逾越的梦想。但是,就在生死考验面前,她们共同选择了一种飞蛾扑火的方式,既热爱生命,又挑战命运;义无反顾,慷慨以往。即便明明知道成功的概率很小,但也要进行手术分体。

全世界关注这对连体姐妹的亿万观众,可能都从电视上看到了她们那纯真灿烂、开朗无畏的笑容。到该上路的时候了,姐妹俩像是去参加一次远游,手挽手相互鼓励着走进手术室。她们还相互约定,哪一个先醒了,就呼唤另一个;当连体分离手术前的最后时刻,她们留给对方的,竟还是作为人类依恋不舍时的一句老话:"别离开我!"

令人痛惜的是，两姐妹对一个自由形体的向往，终于未能突破生命的藩篱，她们是在数万伊朗人出席的葬礼上，各自找到最后的归宿的。这种用生命换取独立自主的悲壮代价，除了让人感叹生命的脆弱与无常外，仿佛也让无数人亲历和认识到生命的价值与自由的真谛。我想，如果真有超越时空、向死而生的话，这一对连体姐妹所获得的，不仅仅是躯体上的小解脱，同时还有精神上的大自由。

不自由，毋宁死 ◎吴 虹

“生命诚可贵，爱情价更高，若为自由故，两者皆可抛。”每个人都渴望自由，难道你能说你不渴望吗？要收获就必定要付出。天下没有免费的午餐，作者在这里就为我们讲述了这一道理。

“对于追求生命最基本、最平凡也是最简单的一个独立的‘自我’——自由，人类是不是也要付出生命的代价，并且与之同归于尽？”作者由伊朗连体姐妹为追求个体解脱而付出生命这一事件引出了这句耐人寻味的话。事实上，并不是每个为争取自由的生灵都会为之付出生命。

有人说用生命去换取自由的人是傻的。不，我觉得她们傻得可爱，因为她们勇于进取的精神值得我们学习。方志敏同志曾说过一句这样的话：“我们活着不能与草木同腐，不能醉生梦死，枉度人生，要有所作为。”甘于坠落的和安于现状的人才是傻的。自由是人生的寄托，是一个人完美理想的根源，没有自由就不用想什么生存的价值。这就是为什么有这么多人把生死置之度外，只为了争取自由。

“即便是与世界上最知心、最亲爱的人紧密连接在一起，也比不上做一个独立的，自主的，能实现自我的人更好。”作者用了既简单又优美的词句烘托出连体姐妹的勇敢与执著，从而也希望人们能和连体姐妹一样，勇于挣脱束缚，向美好的明天进攻。因为自由“不仅仅是躯体上小解脱，同时还有精神上的大自由”。

一个忘了自己母亲的孩子，母亲可能不会忘记他；一个忘了国家的人，国家却可能不要他。

是否“大题小做”

芥 微

读上海某报刊金生叹先生的短文《大题小做》，仿佛骨鲠在喉，不吐不爽。

金先生文中讲了一件事：作家刘绍棠在一次宴会上应女歌手之邀点歌。歌手自称“各种歌俱会”。刘点唱国歌，歌手竟不会唱。刘遂批评道：“你连国歌都不会唱，还唱什么歌！”此消息传开，不少报纸均予报道。金先生对此不以为然，认为“堂堂国歌”，岂容在宴席、卡拉OK厅随意点唱？这不是“大题小做”吗？

金先生在文中说：“退一万步言之，在美食佳肴前，或酒醉饭饱后，闻‘起来，饥寒交迫的奴隶’，果能开胃口、助消化？或毋忘在公款吃喝之余，一抒爱国情怀？真乃不堪思议也！”

我非歌手，但国歌还是会唱的。国歌的开头一句是：“起来，不愿做奴隶的人们！”从头唱到尾，没有一句“起来，饥寒交迫的奴隶”！会唱国歌也会唱《国际歌》的人一定知道，金先生是弄错了，是把《国际歌》的歌词移到《中华人民共和国国歌》中了！

这是金先生的粗心大意，一时笔误吗？不。因为金先生在文中还举了

另一个例子。一位剧作家在祝贺某剧作家“下海”时，当众贺曰：“起来，饥寒交迫的奴隶，把我们的血肉，筑成新的商城。”金先生对此批评道：“这是置‘国歌歌词之庄严性’于何地？”

我一方面同意金先生对那位剧作家的批评，同时也感到，金先生弄错国歌歌词的确并非由于粗心，而是对国歌太不熟悉了。

是非“大题” 岂容小做 ◎ 黄小明

这篇文章立意好，竟能够从细微小事当中阐发大是大非问题，让人联想起社会上的种种情形，感慨万千。

有人竟会弄错国歌，有人竟连国歌都不会唱，奇怪吗？一点也不奇怪。文中提及的现象，我看不是偶然的、个别的，而是典型的、普遍的，现实生活中这类例子多的是。很多人以为国歌唱了这么多年了，司空见惯，一点不好听，学来干吗？结果就不学，于是就不会唱。有的人则是以唱国歌为耻，认为国歌“老土”，唱来没意思，远不够流行歌曲有意思，于是即使会唱，也干脆不唱。现在，除了刚入学的小孩子还大声地唱国歌之外，我看能在公共场合大唱国歌的人是少之又少了。作家刘绍棠批评那女歌星道：“你连国歌都不会唱，还唱什么歌？”的确是批评得好，把我们的良知唤醒了。

国歌是国家的象征，是每一个中国人的心声。不会唱国歌，不能算是中国人；忘记了国歌，就等于是忘了自己的祖宗。那位金生叹先生，名字起得好，与铁骨铮铮的才子金圣叹同族，可惜竟然连国歌歌词都忘了。他对自己国家的感情如何，也约略可知一二了。一个忘了自己母亲的孩子，母亲可能不会忘记他；一个忘了国家的人，国家却可能不要他。因为，爱与不爱自己的国家，这是一个大是大非问题，岂容得半点含糊？有了一种神圣崇高的感情为基调，文章自然可以纵横捭阖，痛快淋漓。此文感人之处，正是在这一种感情基调上。

恰巧老虎由于“脱离群众”，此时形单影只，急需溜须拍马之徒装点门面，于是猪就有“威”的机会了。

猪假虎威

王洪亮

狐假虎威的故事中，人们把狐狸讽刺得够呛，狐狸就再也不假虎威了，离老虎远远的，生怕再被别人嘲笑。这事儿被老虎知道了，老虎就十分生气，心想我乃百兽之王，整天在深山老林里，形影相吊，冷冷清清，任何动物见到我都是逃的逃、跑的跑，别说没个做伴的，就是连个远处说话的也没有，当然更体会不到百兽之王的那种前呼后拥和一呼百应的排场和气派。人家狐狸，大着胆子在我前面走走，给我点儿威仪，还被那些不懂事的家伙冷嘲热讽，这不是成心给我难堪吗！这不是把我给弄孤立了吗！这样的百兽之王有啥用啊！光虎啸风生、声震山谷有啥威风啊！老虎思来想去，就想托人给狐狸捎个信儿。

于是，它让小鸟给狐狸捎信儿说：“老虎大王和你狐狸是最好的朋友，自从你离开老虎大王后，老虎就整天吃不好睡不着，盼着你去看看它，去的时候把你的好朋友也都带上，老虎那里有你们最爱吃的好东西呢。”狐狸听到小鸟给它捎来的信儿后，高兴得好几夜没睡着。它盘算着：老虎大王还没生气呢，都是那些多嘴的东西说我狐假虎威，弄得我左右不是。我一定要去看看大王，但是我不能自己去了，老虎一翻脸，把我

给吃了那多不合算，我得找几个要好的朋友同去。可是琢磨了半天，也没找出自己要好的朋友，最后决定还是约上最蠢的猪去吧。猪比较好糊弄，并且憨吃憨睡，早晚都是挨刀子的货，它早就想借大王的声威改变自己被人们任意宰割的命运了，说不定，它还巴不得结识结识大王呢！

狐狸见到了一群猪，就把自己想把它们引见给老虎大王的想法说了，猪们一听，想也没想就吭哧吭哧地答应了。狐狸前面带路，猪们随后而行，翻山越岭就找到了正在睡觉的老虎。老虎慢腾腾地睁开眼睛一看，原来是狐狸带着一群猪来了。老虎点了点头，算是招呼过了。猪们一个个都摆着大耳朵点头。狐狸大着胆子走过去舔了舔老虎的额头，老虎就爬了起来，踱起了四方步。猪们弄不清是怎么回事，就四处乱窜，嗷嗷直叫。狐狸说："别怕，虎大王可仗义了，对弱的不欺负，专吃那些坏蛋，吃那些吃肉不眨眼的家伙！"猪想：对呀！咱们都不吃肉，老虎一定不会怎么着咱们。于是一个个都不再乱窜，但是也不知该怎么办才好，就站在那儿摆着耳朵吭哧。

等了一会儿，狐狸对老虎说："咱们出去走走怎么样？"老虎就"唔"了一声。于是狐狸在前，一边走一边吆喝着，老虎走在中间，猪们跟在后面，穿林海跨山谷，野兽们见到它们都四处逃窜。狐狸手舞足蹈喜形于色。老虎仍旧迈着稳健的步子，目不斜视，但内心的高兴还是禁不住的，队伍如此壮大，谁说我没有朋友？于是不时地摇着尾巴，长啸一声，果然峡谷震荡。

跟在老虎后面的猪们何曾见过这场面，原来谁怕咱，现在咱怕谁，那感觉就是不一样，于是一个个甩着耳朵、气喘吁吁地紧跟其后，恣得小尾巴打着圈儿地摇来晃去。

装腔作势是真小人 ◎ 窦穆丹

相信大家都看过"狐假虎威"这个成语故事吧！而猪假虎威是怎么一回事呢？看完整篇文章以后，我有很深的感受。

"狐假虎威"这个成语的原意大家都知道，是说狐狸借助老虎的权威来显示自己的威风，专门欺负那些比它弱小的动物，它就是那种欺善怕恶、装腔作势的势利小人的象征。这里的“猪”，我看跟狐狸也差不多，不过它比狐狸更笨，欺善怕恶、装腔作势的本领更强一些。它本就没什么主见，被狐狸一唆使，就傻乎乎地跟着去巴结老虎。恰巧老虎由于“脱离群众”，此时形单影只，急需溜须拍马之徒装点门面，于是猪就有“威”的机会了。你看，它们跟在老虎背后，甩着大耳朵，淤起小尾巴，奴才相十足，像不像那些溜须拍马、助纣为虐、趋炎附势、见钱眼开的势利小人？太像了，这些可恶的猪们！某些官员，日趋昏庸，以致贪污腐败，纷纷锒铛入狱，也跟这些“猪”很像啊！我们在整治腐败的同时，怎么能忽略了这些“猪”呢！我相信，猪的下场是可悲的——老虎不可能真心对它，其他同类也绝不会饶了它，一时装腔作势，到头来还是竹篮打水一场空。醒一醒吧，猪们！醒一醒吧，老虎们！

此文借典故发挥，显得妙趣横生，而又贴切自然。笔锋的尖锐，形象的生动，更增加了文章的批判力和感染力。

盗贼并不可怕，可怕的是人们拱手让出一个任盗贼为所欲为的世界！

采访小偷

邓　刚

为写一部长篇小说，我去采访小偷。

我选择了一个绝对不像小偷的小偷，他很年轻，两只大眼睛残存着孩子般的稚气。然而他绝对是个不折不扣的小偷。我问他为什么偷东西，他竟然大瞪着两眼答不上来。我说是因为生活困难？手里没钱花？被坏人拉拢下水？……他连连摇头说都不是。我急了，说那总得有个原因吧。他也急了，急了半天，说了句——偷东西挺有意思的。我一下子目瞪口呆了。我怎么也不会相信作恶多端、损害他人利益的盗贼是为了有意思。

他说他过去很胆小，压根儿不敢偷东西。但有一次在火车站等车，发现坐在旁边的一个人在那儿打盹儿，口袋里却明显露出一张 100 元的大钞。一阵冲动使他把那张大票抽出来。谁知道拿到钱，那打盹儿的人醒了，并直勾勾地瞪着他。他当时吓坏了，因为车站人很多，而且还有值勤的警察走来走去。更可怕的是打盹儿的人又粗又壮，一拳就可以把他打翻在地。由于惊慌害怕，他只好愣愣地看着对方。然而这愣愣的眼神却产生了奇迹，那壮汉吓得赶紧缩回头，像他自己犯了什么错误。这使初出茅庐的小盗贼一下子胆大起来，大摇大摆地走出了车站。可那壮汉却又跟上他，他心里发毛。壮汉一没喊警察，二没一拳打过来，而是可怜巴巴地乞求他——我就 100 元钱，能给我留下一点买饭吃吗？见到对方如此窝囊，他当然趾高气扬，立即气势汹汹地说——你想死呀！一句话，吓得壮汉再也不敢动了。

有意思的事多着呢。还有一次他在汽车上掏一个老太太的钱包，正掏时两个小伙子发现了，他并不慌，而是极老练地朝那两个小伙子冷冷一笑，小伙子吓得赶紧转过头去，其中一个还小声咕噜说掏包的四周全有保镖，带电刀子，把嘴剐了都感觉不出来。更有意思的是，一次他跟一伙盗贼去撬门砸锁，在一个摆设阔气的家里偷东西，却看到写字台上有张纸条，上面写着：尊贵的来者，我们并不富裕，抽斗里放着 200 元钱，算我们一点儿小小的敬意，望你们高抬贵手，别砸我们辛辛苦苦积攒的家具，谢谢了……

被采访的小偷越说越兴奋，一口一个有意思。望着他无耻的嘴脸，我不知怎么想起“动物世界”的场景：一群角马威武雄壮地奔腾，有着所向无敌踏烂一切的气势。可只要一只还没有角马腿肚子高的草原狼出现，这雄壮的气势便像海水退潮一样四散溃败。我陡然悟出：盗贼并不可怕，可怕的是人们拱手让出一个任盗贼为所欲为的世界。

当小偷——因为有意思 ◎ 谭琼梅

“偷东西挺有意思的！”这是《采访小偷》一文中小偷对作者的问题作出的回答：当小偷的原因——偷东西挺有意思的。

不是因为生活困难，也不是因为手里没钱花，更不是因为被坏人拉扯下水，就是为了有意思。作恶多端，损害他人利益的盗贼是为了有意思，你信吗？但从小偷口中说出的，有意思的事还多着呢！而且一个比一个有意思！

有句话说，过街老鼠——人人喊打。对于小偷，原应该如过街老鼠一样，人人喊打的。但现在在部分地方，小偷们的嚣张气焰已经到了让人瞠目结舌的程度。

破财消灾，只要不是白刀子进红刀子出就行了，不但将东西双手奉上，还连声道谢，再加上一名句：大爷您走好……这小偷当得还真有意思！

我们说小偷无耻，但相对于某些人来说，算是小巫见大巫了。就像作者比喻的一样：一群威武雄壮奔腾在草原上的角马，只要有一只没有角马腿肚子高的草原狼出现，这雄壮的气势便像海水退潮一样四散溃败了！“草木皆兵”的故事每个人都知道，如果还没开战就先把地盘给让出来了，这场仗能有意思吗？

偷东西挺有意思的，可以使一个胆小如鼠的人变为一个毫无顾忌的小偷。有意思的不是当小偷，而是可笑的人们。可笑的人们，给小偷提供了一个肆意妄为的舞台！

“盗贼并不可怕，可怕的是人们拱手让出一个任盗贼为所欲为的世界！”作者用这句话拉下了全文的帷幕，但那个“有意思的舞台”的帷幕谁来拉下？

那些弄虚作假，太过于注重外表形象，而忽视真实存在的内在东西的现象真让人哭笑不得。

老家来信

陈晓东

我与父母居住在城市，好多年没回过那个只有百十户人家的山区老家了，平时和在老家的二叔只是偶尔写写信。一天突然从报纸上看到老家的乡亲们居然实现了小康，父母高兴得不知如何是好，忙让我写信问问二叔，很快，二叔便回信了，内容如下：

大侄子：你好，俺是二叔。二叔一辈子土里刨食，从翻身到现在也只能刚填饱肚子，别的收入没啥，你也知道，咱是去年才不用吃国家救济的。可前几日，村主任说村里粮食产量高了，经济增长也快，已达到小康水平，要向上级申报。俺

问年轻人啥是小康，他们说是人均年收入2000元。今儿写信就是要告诉你们这事，别老让你爹娘挂心，俺如今都小康了。

这么快就实现小康是俺想不到的，俺想你们也一定想不到，所以来信问问，是吧？为让你们相信，俺特地请学校里的三娃老师给你们写信，好让你们放心，咱这小康是光明正大的。前些日子，乡里的统计员来，挨门挨户由村主任带着统计。到晚上进了俺家，说是经统计其他人家已达到小康水平。俺一听挺吃惊，东头张木驴家一天才吃两顿稀饭，老婆都跟人家跑了，也算小康？村主任说俺家的粮食产量已基本达到了规定的增产增收比例，住房也达到了一人一间，只有经济收入有些问题，离要求还差1000块。统计员笑眯眯地说，大爷，您想一下还有什么漏报的。俺说没有哇，卖猪、卖鸡蛋，连上次孩儿他大姑给的10斤大米也都折成现钱纳进了收入。统计员并不泄气，给俺点了一袋烟叫俺再想想。他还说，比如编筐卖、拾破烂，还有外头亲戚寄钱什么的，俺说，同志哥，俺这连柳树都没有咋会编筐？村里人连半块砖头都不往外扔哪有破烂捡。俺外边是有个亲戚，可也没给俺寄过钱。到底是村主任主意多，想了一会儿说，陈老五，难道你家里现在除了上报的一点现钱也没有？这时俺忽然想起现钱倒是有点，可那能算经济收入？反正咱得实话实说，咱不能欺骗上级。俺就说，上个月在东山给闺女找了个人家，女婿就送来了1500元彩礼，这能算收入吗？村主任和统计员都肯定地说："能算，能算，而且还是你的一笔纯收入。"于是开始往表上填，统计员说表上没有彩礼一项怎么办，村主任说就填在"养殖业收入"一栏里吧，闺女也是他养的嘛，另外再加上一句超出标准500元。说完这些，村主任将一块写着"小康户"的牌子扔下，叫俺钉在门上。

第二天，俺将那块小牌牌钉到门上，县里电视台的记者来

录了像，看来小康也不是多么难的，以前都怪我们想不到。这下，你们相信了吧。

如此小康：喜也？悲也！ ◎ 黄惠桃

全面建设小康生活是我国目前社会主义建设的首要任务之一。所谓的小康生活就是人民丰衣足食，略有剩余。而作者所描写"二叔"的小康却与真正的小康水平相差甚远。年均收入2000元的生活水平就是小康生活。"二叔"为了小康户的"牌子"可算是翻尽家里所有值钱的东西才凑足2000元。"小康生活"达到了，我们不知是应高兴呢，还是悲伤？但我们可以从中看到一点：那些弄虚作假，太过于注重外表形象，而忽视真实存在的内在东西的现象真让人哭笑不得。如文中的那些乡村干部，为了向上级交上一份满意的答卷，完全不管农民实际生活情况，硬向农民身上压重税，税收收齐了，便代表农民这年的收入状况有所提高，但真正的情况，又有谁清楚呢？上级所了解的情况只是一些外在的、不真实的东西，又何以采取措施去提高农民的生活水平呢。

上一代的注重外表、忽视实在的劣根性也被传染到下一代青少年的身上。考试是测试一个学生学习如何的一种方法，但有些同学并未意识到这一点。把分数看得过重，为了向家长老师交上一份满意的答卷，考试时就想方设法作弊。分数只是表面的东西，真正学到的知识才是你的收获。中国的学生被公认为"高分低能"的学生，这就是中国学生太看重分数，而忽视真才实学和实践能力所造成的。

此文言简意赅，以小寓大，内蕴相当深厚，提及的问题也明显带有普遍意义。全面建设小康生活的任务是艰巨的，不是随便在每户门前挂一块"牌子"那么简单。人民生活水平提高了，那就是小康生活，不用挂上牌子，别人也可以看到。这只是一个乡村发生的故事，其他千百个乡村呢？这里说的只是一块"小康户"的牌子，中国那么多的"牌子"呢？

优点和愿望，是孩子们的双腿。希望有一天看到他们填写的表格上这样写着——优点多多，愿望无限。

优点零

毕淑敏

一位做儿童心理研究的朋友告诉我，他发给孩子们一张表，让每人填写自己的优缺点和美好的愿望。孩子们很认真地填好了，把表交上来。他一看，登时傻了眼。

很多孩子填的是——优点零，愿望零。

我对世上是否存在没有优点的成人，不敢妄说。但我确知世上绝无没有优点的孩子。我或许相信世上有丧失愿望的老人，但我无法想象没有愿望的孩子，将有怎样枯萎的眼神。不知道愿望和优点，这两样对人激励重大的要素，假若排出丧失的顺序，该孰先孰后？是因为丧失了愿望，百无聊赖，才随之沉没，成为没有优点的少年，还是一个孩子首先被剥夺了所有的优点，心如死灰，之后再也不敢奢谈一丝愿望？也许它们如同绞缠在一起的铅丝，分不出谁更冰冷僵硬？

没有愿望，必是一个死寂的世界。孩子不再期望黎明，因为每一天都被功课塞满，晴天看不到太阳，阴天闻不到雪花，日出日落又有何不同？不再留意鲜花，因为世界一片苍白，眼中黯淡了温暖的色彩。不再珍惜夜晚，因为厚重的眼镜遮挡了星光，即使抬头也是泪眼蒙眬。不再盼望得到

师长的嘉奖,因为那不过是成人层层加码的裹了蜜糖的手段……

没有优点的孩子,内心该是怎样痛楚地喘息?见过一个胖胖的男孩,当幼儿园教师第一次问:谁觉得自己是个美男子?他忙不迭地从最后一排挤到前面,表示自己属于其中的一员。可惜他紧赶慢赶,动作还是晚了一点。另有好几个男孩抢在前面,在老师面前排成自豪的一排。没想到老师伶牙俐齿地向他们说,还真有你们这么不知天高地厚的?竟觉得自己是美男子,臊不臊啊?后来,那几个男孩子,开始为自己的容貌羞涩,无法像以前那样快活。

这是一个简单的例子,但也可能说明一点问题。每一个渐渐长大的孩子,如果成人爱他,他也会认为自己是可爱的。他会感觉到自己是天地间的一个宝贝,他的生命的存在就是一个大优点。假若成人粗暴地打击他,奚落他,嘲讽他,鞭挞他,那脆弱的小生灵,就会被利剪截断双翅,从此萎靡下来,或许跌落尘埃一蹶不振。

看不到自身优点的人,必也看不到他人的优点。他们的谦恭,可能是高度自卑下的懦弱。他们的服从,可能掩饰着深刻的妒忌和反叛。他们的忍让,可能埋藏着刻毒的怨恨。他们的赞美,可能表里不一信口雌黄……

我以为愿望是人生强大的动力之一，假若人类丧失愿望，世界就在那一瞬停止了前进的引擎。因为有跑的愿望，人们有了汽车。因为有说话的愿望，人们有了电话。因为有飞的愿望，人们有了卫星。因为有传递和交换的愿望，人们有了互联网……

优点和愿望，是孩子们的双腿。希望有一天看到他们填写的表格上这样写着——优点多多，愿望无限。

愿望从哪里来 ◎ 陈力彰

就像作者说的那样："我或许相信世上还有丧失愿望的老人，但我无法想象没有愿望的孩子，将会有怎样枯萎的眼神。"然而，这个世界充满愿望的孩子是有的，只是我们中像那个"幼儿园教师"那样的成人也是时常有的。"每一个渐渐长大的人，如果成人爱他，他也会认为自己是可爱的。"的确，孩子们的愿望来自于大家的爱。

不是吗，孩子们的心灵是一张白纸，对世界所有的事都充满了好奇心，充满了丰富多彩的各种各样的幻想。如果我们爱他们多一点，在他们细小的心灵上多描一些"优点"，多寄放一些关爱他人的"爱心"，让他们多一点看到自己的优点，也看到别人的优点——这个世界对他们来说不是一个充满幸福的世界吗？那么我想，在这样的环境里成长，他们一定活得一天比一天快活。

多爱孩子们一点吧，多让孩子们体验人生的真爱吧。因为"只要人人都献出一点爱，世界将变成美好的人间"，因为"没有愿望，必是一个死寂的世界"，因为孩子们的自信和可爱来自于我们大家的爱！

自然界的规律是客观存在的，并不以人类的存在与意志为转移，我们追求发展与进步时应该时刻保持着对大自然的敬畏之心。

敬 畏

孔 曦

18 世纪时，北美有个名叫西雅图的印第安人酋长说：人类属于大地，但大地不属于人类。美国西部的一个城市就以他的名字命名。在宗教尚未产生的年代，人类对太阳、风、雨、雷电等自然事物和现象充满了崇敬和畏惧，创造了日神、风神、雨神之类的自然神来崇拜祭祀，这就是原始宗教。蒙古族至今还认为山林、湖泊、火等自然事物神圣不可侵犯，他们从不把脏物和脏水倒进河流或湖泊。人为的宗教形成之后，信徒崇拜的对象改为上帝、真主、佛、菩萨或神仙。信徒们通常都害怕自己的冒昧举动会触犯神灵、遭到惩罚。同时又希冀自己的虔诚能赢得神灵的欢心和恩赐。对神灵有所希求的心理，是产生敬畏感的现实依据。

日新月异的科学和蓬勃发展的经济，帮助人类攻克了一个又一个大自然的堡垒，诸多曾危害人类的传染病和不治之症也被一一制服。与此同时，人类围湖垦荒、开山垦田，叫高峡出平湖、令天堑变通途。很多在先祖当中流传的神话，现在已是稀松平常的事实，诸如千里眼顺风耳、潜水艇航天器；诸如显微外科和器官移植。在大自然面前，人类产生了从未有过的自豪和骄傲，豪气万丈地喊出了“人定胜天”。

“天”是可以胜、能够胜的，但必须等到科学完全揭开它的神秘面纱。现在，自然王国中的未知世界依然浩渺无边。征服了鼠疫、霍乱、天花等流行性传染的人类，如今又面临着癌症和艾滋病的困扰。当 SARS 病毒的大规模流行时，更是一记当头棒喝，使陷于安乐的人们惊出一身冷汗——即使在信息化的 21 世纪初期，人类的生命仍然会受到传染病致命的威胁。

道高一尺，魔高一丈。假如把自然界的事物当做“道”，把人类的力量当做“魔”，我们大可以高枕无忧，继续毫无节制地向大自然索取；倘若反过来，把人的力量当做“道”，把自然规律看作“魔”，人类也许就不会如此贪婪、如此挥霍无度、如此的忘乎所以。

人，不过是自然界的物种之一，是生物链上的一个环节。本来，我们应该珍惜大自然的一草一木，与其他物种和睦相处。很多时候，聪明过头的人类做出了无数疯狂的举动，造成了许多不可挽回的损失。

天道无常，天道亦有常。人类对大自然平衡法则的破坏，迟早都会受到惩罚——出其不意、出人意料的惩罚。比如干旱、洪灾、沙漠化，比如气候变暖、海平面上升、沙尘暴、大气污染和臭氧层空洞……比如 SARS 疫病。

以西雅图酋长为代表的印第安人，生活水平的确很低，但他们对人与大自然关系的认识却是最先进的。生活在 21 世纪的我们，应该牢记这位酋长的话——人类属于大地，但大地不属于人类。在向大自然索取美好生活的同时，我们更应该时刻保持对她的敬畏之心，时刻警醒自己，人类不是无所不能的。因为，对于大自然，人类永远都是有所希求的。

常怀敬畏之心 ◎ 陈冬波

人类也是自然界的物种之一，是生物链上的一个环节，这是一个多明白的事实，但是聪明过头的人类却将此当成一个笑话，做出了无数疯狂愚蠢的举动，造成了许多不可挽回的损失。这里作者用细腻巧妙的笔调给我们解答了人类为何要敬畏大自然的问题。

孔曦先生首先利用历史事实来具体展示人与自然关系的三个时期：一、敬畏时期。人类依赖大自然而生存，对大自然的无知使人们高度地崇拜大自然。二、征服时期。科学和经济的发展，帮助人类攻克了一个又一个大自然的堡垒，围湖垦荒、开山垦田，叫高峡出平湖、令天堑变通途；制造了千里眼顺风耳、潜水艇航天器，研究显微外科和器官移植。这使人类产生了从未有过的自豪和骄傲。三、醒悟时期。人们终于意识到，现代科学在大自然面前还显得太过稚嫩，大自然的神秘面纱还未完全揭开，"人定胜天"现在还只是人类的一厢情愿，太多的自然奥秘令人类望而生畏。在孔曦先生的笔下，自然界是"魔"，人类的力量是"道"，"道"高一尺但"魔"高一丈，因此，人类要与自然界和睦相处。

虽然现今人类可乘航天飞船冲出地月系，但人类对地月以外的事物还未尝了解或了解不多。或许"天"是可以胜的，但绝不是现在，必须等到科学完全揭开它的神秘面纱之后。人类胜"天"的行动也必须永远遵循一个游戏规则，即要尊崇大自然平衡的法则。如果破坏了这个法则，人类迟早都会受到大自然的惩罚。现今人类逐渐地清醒过来，并且努力补偿过去的过失，制定了可持续发展政策，注意了环境保护的问题，这就逐步走上了正轨。"在向大自然索取美好生活的同时，我们更应该时刻保持对她的敬畏之心，时刻警醒自己，人类不是无所不能的。因为，对于大自然，人类永远都是有所希求的。"这是多么深刻的表述。自然界的规律是客观存在的，并不以人类的存在与意志为转移，我们追求发展与进步时应该时刻保持着对大自然的敬畏之心。

最大的技巧就是无技巧。此文秉笔直书，坦荡磊落，正走上了杂文的"正道"。摆事实讲道理，虽显得鲁钝直拙，但真理与谬误，在事实面前最为显而易见，因而也最容易得到读者的认同。